KB143342

악취

열여덟 살의
성착취,
그리고
이어진 삶

악
취

강그루 지음

글항아리

나를 살게 해준 내 오랜 친구 K와 Y에게
나와 같은 경험을 가진 아이들과 어른들에게
그리고 열여덟 살, 과거의 나에게

악취를 기억하고
봉인하는 이유

어느 한 사람의 이야기가 아니었다. 저자의 목소리에서는 그동안 만났던 많은 여성의 목소리가 겹쳐져 들렸다. 성매매 현장에서 무수히 자해를 하며, 고통 속에 스스로를 가두려는 여성들을 만났다. 자신이 경험한 일들에 자신을 놓아둔, 그리고 지속해올 수밖에 없었던 스스로를 벌주고, 자신이라는 존재를 그렇게라도 느끼고 통제하고 싶어하던 여성들을 만나왔다. 자신에게 던져지던 모멸과 혐오를 온전히 끌어안고, 내 탓이 아니라고 악다구니를 해도 여전히 성매매 안에서는 그렇게 당해도 되는 존재인 여성들을 만날 때마다 나는 홀로코스트 생존자와 일본군 '위안부' 여성들을 떠올렸다. 가해자가 아니라 끔찍하게 자행된 범죄 행위를 증언한 피해자들이 증언을 의심받고, 생존자들이 얼마나 고통받았는지 증명할 것을 요구받는 잔학한 가해의 역사는 여전히 진행 중이다.

저자는 그 모든 가해의 잔혹성을 '악취'라 명명한다. 자본이 주는 굴욕, 인간인 '나'를 잠시 잊으면 된다는 그 '악취' 자체인 시스템에 치였던 이들이 오히려 더 수치와 모멸감으로 드러나길 꺼리고 숨게 만든다. 내가 당했던 일들을 고발하는 순간, 그 일을 당해도 되는 인간이라는 낙인이 더 선명해지기 때문이다. 취약함을 고백하는 일이, 그 취약함을 이용해도 된다는 동의로 들리는 놀라운 '가해'의 세계관이 그렇게 만들어지고 있다. 아우슈비츠 생존자 프리모 레비가 던진 질문, 생존자의 증언을 의심하는 세상에서 더한 수치와 모욕을 느낄 뿐 아니라 살아 돌아왔다는 걸 죄책감으로 만들어버리는 낙인에 갇히고, 결국 왜 가해자가 아니라 피해자들이 그 모든 비극이 끝난 후에도 자살을 시도하는지가 결국은 같은 맥락에서 읽힐 수 있다.

그녀를 악취 속에 가두어버린 이들은 손쉽게 현장을 떠나고 유유히 자신들의 일상을 살아간다. 악취를 만들어낸 이들은 그 순간을 '짜릿해서' '배가 고플 때 먹을 걸 찾는 일은 도덕적일 필요가 없는 거'라며 스스로를 이해하고 용서하고 당당해진다. 어쩌면 악취에 잠겨버린 것처럼 보이는 저자는 그들을 놓아주지 않기 위해 그 모든 순간을 기록하며 악취를 기억하고 봉인한 것이리라. 저자가 끝내 그 악취를 고통 속에서 추적하고 자신과 같은 상황에 놓인 여성들을 불러내 위로하고자 하는 이 책은 그래서 내게는 이 시대의 생존자의 언어로 읽힌다.

가해 행위를 증언하고 알리는 것은 녹록지 않은 과정이다. 일어난 일들을 이야기하는 것만으로 피해에 대한 이해나 공감은 그리

쉽게 생기지 않는다. 심지어 동정이나 보상을 바라고 하는 거라는 시선들은 가해를 '힘'을 가진 이들의 권리로 쉽게 포장해준다. 그런 까닭에 '악취'를 말하는 것은, 증언하는 것은, 드러내는 것은, 왜 그 렇게 해야만 하는가를 거듭거듭 마주하며 스스로를 끝없이 진창 에 처박고 그 진창을 정화하는 일이다. 저자는 모든 생명이 취약할 수밖에 없음을 직면하고, 자신과 같은 이들과 연결되려 한다. 악취 에 맞서는 힘은 거기서 나오는 것이리라. 살아 있는 모든 것은 취 약함으로 흔들리고 상처 입겠지만 우리가 서로 연결되어 있다는 각성은 해방감을 준다. 나도 너처럼 약하고 무수한 실수와 실패를 반복하지만, 그걸 이용하고 착취하는 이들의 악취는 결코 나의 탓 도 너의 탓도 아니라고 이야기하는 저자의 말걸기에 공명하는 이 들이 홀가분하게 자신에게 따라붙는 악취들에서 해방되기를 바란 다. 바로 그 이유로 저자는 악취를 놓아주지도, 숨겨버리지도 않고 끝내 추적해 이 글을 완성해냈을 것이니까. 이제 그 악취로 괴로워 해야 할 이들은 수많은 가해자, 이 착취의 시스템에 굴종해온 이들 이 되기를 바라며 저자에게 응원과 감사의 인사를 전한다.

신박진영
'성매매문제해결을위한전국연대' 정책팀장

프롤로그

내 과거는 추하고 더럽다 못해 악취까지 났다.
숨기기 위해 웃으며 밝은 모습으로 꾸며도,
덮기 위해 향수를 뿌리고, 새 옷을 사 입어도
언제나 악취는 나를 따르고 쫓아다녔다.

오랫동안
도망치기 위해 쉴 틈 없이 이리저리 뛰어다녔고,
외면하기 위해 과거의 나를 등진 채 현재의 나를 휘둘렀으며,
타협하기 위해 어쩔 수 없었다며 과거의 나를 불쌍히 여기고
자기연민에 빠져 지냈다.

그렇게 시곗바늘이 수만 번을 돌고 계절이 수십 번 바뀌었을 때,
악취도 결국엔 잊히는구나라고 생각할 때,

드디어 악취에서 벗어났구나라고 느꼈을 때,
다시 악취가 났다.

시곗바늘은 매일 7시를 가리켰고, 겨울은 매해 돌아왔다.
잊힌 게 아니라 무뎌진 거였고, 벗어난 게 아니라 익숙해진 거였다.

내가 저지른 일들이니 내 손으로 내 숨을 틀어막아야 할까.
내가 사라지면 악취들도 사라질까.

여전히 나는 악취 속에 갇혀 있다.

잊을 수 없어서, 벗어날 수 없어서, 글을 썼다.

누군가에겐 내 악취가 경고라도 될 수 있지 않을까, 누군가에겐 내
악취가 위로라도 될 수 있지 않을까, 그렇게 내 악취가 누군가에게
도움을 줄 또 다른 향이 될 수 있지 않을까 싶어 책을 썼다.

차

례

1 장

은밀한 삶

†

그런 사람들인 걸 왜 몰라봤을까?

하지만 그때의 나는 누구한테든 기대고 싶은 마음이 컸으니까

뭔가 이상하다고 느꼈어도 거역하지 못했던 것 같아.

_기리노 나쓰오의 『길 위의 X』 중에서

⇨ **1** ⇦

죽고 싶다. 나는 내 이야기를 하는 게 이렇게 어려울 줄 몰랐다. 수치심 때문에 불안감 때문에, 밤낮없이 머리가 울려댄다. 어린 시절부터 써내려가자니 가족을 탓하는 거 같고, 내 주변 환경을 써내려가자니 나를 들킬까 무섭다. 이 글로 내 주변 사람들도, 나도 다치지 않았으면 좋겠다. 그래서 하루에도 몇 번씩 쓰다 지우다, 쓰다 지우다를 반복한다. 하지만 매번 실패하고 내가 한없이 부족한 인간이란 걸 깨닫는다. 그런 내가 "저와 같은 아이들을 위로해주고, 함께 바른 방향으로 나가고 싶어서 글을 써요"라고 말할 자격이 있을까 싶다. 하루에도 몇 번씩 '그냥 소설이라고 할까?'를 고민한다. 그렇게 된다면 안전할 것 같다. 하지만 모르겠다. 글을 쓰게 된 계기가 그게 아니라서 계속 마음에 걸린다. 이 이야기가 실화여

야지만 나와 같은 아이들이 위로를 받을 것 같다. 나도 그랬으니까. 출판 계약을 할 때 편집자에게 "제 이야기고, 그 당시 일기장도 갖고 있어서 한 달이면 정리가 될 거 같아요"라고 말한 내가 밉다. 마감일을 미루고, 미루고, 미루면서 죄책감이 든다. '역시 나는 안 되는구나' 하고 자책한다. 우울하다.

그런데 오늘도 쓴다. 이젠 이게 몇 번째 글인지도 모르겠다. 한글 문서 100페이지가 넘는 글을 거의 매달 뒤집어엎은 뒤 처음부터 다시 쓰기를 반복했다. 그러면 나아져야 하는데 쓰면 쓸수록 부족한 듯하고 혼란스럽다. 손가락이 매번 퉁퉁 부어 손을 머리 위 베개에 올려놓고 잠들었다. 하루는 난생처음 혼자 길을 걷다가 코피를 흘리기도 했다. 가지가지 한다. 그렇다고 매일 꾸준히 열심히 쓴 것도 아니다. 쓰기 싫어서 며칠을 침대에서 뒹굴거리고, 억지로 책상에 가 앉더라도 딴짓을 한 날이 더 많다. 단지 내 몸이 유난스러워서다. 정신이 멀쩡하지 않으니 몸도 성한 곳이 하나 없다. 심지어 이젠 노트북도 닫히지 않는다. 고단하다. 그런데도 이렇게 꾸역꾸역 쓰는 이유가 뭔지 모르겠다. 처음 생각했던 대로 나와 같은 아이들을 위해서인지, 과거의 나를 용서하기 위해서인지, 할 수 있는 게 이제 이것 하나뿐이라 그런 건지, 아니면 마지막 발악을 하는 건지.

한겨울 밤, 내 눈앞에 검은색 차 한 대가 서 있다. 그 차에 타고 있는 남자가 조수석 창문을 내린 채 나를 향해 손을 흔들고 나는 그 남자를 향해 고개를 꾸벅 숙인다. 남자가 운전대를 잡고 창문을 올린 뒤 그곳을 벗어나는데도 나는 가만히 서 있다. 차에서 내린 나를 누가 봤을까 싶어 주변을 둘러본다. 내 앞에는 어느 방향으로 가는지 알 수 없는 까만 강이 흐르고, 그 위에는 차가 지나갈 때마다 덜컹거리는 다리가 놓여 있다. 그 다리를 따라 뒤를 돌아보니 구석진 자리에 낡은 간이 화장실 한 칸과 수북이 쌓여 있는 쓰레기봉투들이 보인다. 한겨울 검정 바람막이를 입고 있는 나를 혹시라도 누군가가 본다면 쓰레기봉투라고 생각할 것 같다. 다행이다.

다리 위를 지나가는 차들의 덜컹거리는 소음에, 다리 위 흔들거리는 노란 가로등 불빛에, 손에 들려 있는 노란 종이 한 장에 속이 울렁거린다. 강으로 뛰어들까 고민하고, 머리 위로 다리가 무너지는 상상을 해본다. 할 수 없고 불가능하다. 한겨울 밤공기는 아리고 다리 밑은 서늘하다. 온몸이 물에 빠진 것처럼 축축하고 무겁다. 집에 가고 싶다. 내 방 침대에 눕고 싶다. 손이 시리다. 결국 손에 들려 있던 노란 종이 한 장을 주머니에 집어넣는다. 강을 따라 걷는다. 마른 풀들이 바람에 부딪히며 수근거린다. 이어폰으로 귀를 막고 걸음을 재촉한다. 그곳을 벗어나고 싶었다.

이 이야기는 내 모든 악취에 관한 것이다.

내가 저질렀던 최악의 일들과 내가 겪었던 최악의 일들에 관한.

▷ 3 ◁

초고에서는 내 어린 시절의 이야기가 4분의 1 이상을 차지했었다. 어린 시절의 이야기는 술술 잘 써졌고 속도도 빨랐다. 그래서 이 부분부터 내 악취가 시작되는 부분까지 샘플 원고로 거의 일주일도 안 돼 작성한 뒤, 출판사 미팅 날 "글을 빨리 쓰는 거 같아요"라고 자신 있게 말했다. 하지만 막상 계약을 하고 집에 돌아와 '정말 내 이야기가 책으로 나올 수 있다니'라고 실감하니 겁이 났다. 이 생각들이 계속 밟혀 진도가 나가다 끊기기를 반복했다.

글쓰기 관련 책을 보던 중 "당신 부모가 죽은 것처럼 글을 써라"라는 구절이 나와 '그래, 괜찮아'라고 생각하며 멈칫하다가도 쭉쭉 끝까지 밀고 나갔지만, 퇴고할 때는 가족들이 너무 나쁘게만 보여 미화해보기도 했지만, 두 번째 세 번째 네 번째 계속된 퇴고에선 찝찝함이 커져갔다. 가족 탓을 하는 것 같아서.

물론 그런 시간이 있긴 했다. 솔직히 아직도 엄마 아빠와 다툴 때면 그러기도 한다. 하지만 모르겠다. '그래도 가족이니까'라는 말이 아직도 내게 남아 있나보다. 그래서 오늘, 몇 번을 미뤘는지 기억도 안 나는 마감 하루 전날, 결국 몽땅 다 지워버리고 이렇게 처음부터 다시 쓴다. 어린 시절 정말 많은 일이 있었지만, 그냥 이렇게 간단히만 얘기하겠다.

아빠의 사업이 실패하게 되면서 가정 폭력을 겪고, 동생이 학교 폭력을 당했다. 동생이 피해자인데도 선생들은 동생이 전학 가길 바랐고, 몇몇 가해자 부모들은 자신의 직업을 들먹이며 떳떳해했다. 그리고 그해 열여덟 살이었던 나는 돈을 벌고 싶었다. 돈을 빨리 많이 벌고 싶었다. 집에 들어가기 싫었고 외로웠다.

▷ **4** ◁

책을 빌리기 위해 도서관에 간 적이 있다. 앉을 수 있는 모든 곳에는 공부하는 사람들이 빼곡히 차 있었고 겨울방학이어서 그런지 초등학생부터 고등학생까지 학생들도 많이 보였다. 그리고 그중 꽤 많은 학생들이 태블릿에, 그 태블릿에 사용할 수 있는 펜슬에, 무선 이어폰까지 갖춘 채 공부를 하고 있었다. 신기하기도 했지만 씁쓸했다.

아빠는 항상 "돈이 없으면 반드시 불행해"라고 말하곤 했다. 한 글자, 한 글자 내게 새겨넣듯이. 나는 그 말을 싫어했다. 그 말에 반박을 할 때마다 매번 머리를 쥐어박힌 채 방에 들어가 울곤 했다. 그 말엔 '그러니까 공부 열심히 해'라는 뜻이 포함되어 있기도 했지만, 아빠가 그렇게 생각하기 때문에 우리 가족이 불행한 것 같아 싫었다. 하지만 사춘기가 시작되고, 친구 부모님들이 슬쩍 나를 밀어내며 무시하고, 동생 일이 연달아 터지면서 그 말에 조금씩 고

개를 끄덕이기 시작했다. 아빠 말대로 일단 돈이 있어야 행복하든
말든 할 것 같았다.

　고등학교 2학년 2학기가 시작됐다. 새 학기가 시작되자마자 희
망 학과를 쓰는 칸에 당당히 '심리학과'라고 적어 냈다. 몇 달 전 동
생 일 이후로 관심을 갖게 된 학과였다. 동생과 대화를 할 때 조금
이나마 도움이 되고 싶어 읽었던 책 한 권을 계기로 심리학에 푹
빠져 관련 도서만 찾아 읽곤 했다. 누군가의 이야기를 들어주고 위
로해줄 수 있다면, 그걸로 돈까지 벌 수 있다면, 상상만 해도 뿌듯
했다. 겪은 일이 많다는 단점도 오히려 장점이 될 수 있을 듯해 나
한테 딱 들어맞는다고 생각했다. 하지만 당장 취업이 힘들 뿐 아니
라 최소 대학원까지 나와야 인정받고 일할 수 있다는 지식인 답변
들에, "그걸로 한국에서 뭐 해서 먹고살래?"라고 말하는 엄마 아빠
의 말에, 다시 조용히 내려놓았다. 나는 최대한 빨리 많은 돈을 벌
고 싶었다. 그게 가장 중요했다.
　이른 아침부터 늦은 밤까지 친구들은 대학이면 대학, 전공이면
전공, 직업이면 직업을 목표로 정해놓고 앞으로 나아가고 있는데,
그동안 나는 멍하니 시간만 낭비했다. 도대체 내가 뭘 해야 하는
지, 뭘 할 수 있을지 답답하기만 했다. 매일같이 교실 게시판에 붙
어 있는 수많은 학과를 보며 '무슨 학과를 선택해야 돈이 덜 들고
빨리 많은 돈을 벌 수 있을까'를 고민했고 학교 도서관에 가 두꺼
운 직업백과사전을 빌려 읽었다. 학교 밖 세상에 대해 아는 게 아

무것도 없던 열여덟 살의 나는 '이건 이미 너무 늦었어' '이건 시간이 너무 많이 들어' '이건 돈이 너무 많이 들어'라며 빠르게 학과와 직업들을 지나쳐갔다. 남은 학과 목록이 짧아질수록, 오른손에 쥐고 있는 책장이 점점 얇아질수록 초조했다. 이러다 정말 아무것도 못하게 되는 게 아닐까 불안했다. 하지만 때마침 나는 마음에 드는 직업 하나를 찾아냈고 바로 푹 빠져버렸다. 기술직이라 자격증만 취득하면 성인이 되자마자 돈을 벌 수 있을 것 같았다.

나는 해당 자격증을 취득할 수 있는 학원들을 찾아봤고, 바로 전화를 걸어 학원비를 문의했다. 90만 원이었다.

그 학원에 다닐 돈을 벌고 싶었다. 기술직이니 굳이 학력이 필요 없을 듯했고, 그러니 야자를 빼고 그 시간에 아르바이트를 하면 되지 않을까 생각했다. 그렇게 된다면 학원비와 용돈도 해결되고, 집에 생활비도 보탤 수 있을 것 같았다. 완벽한 계획이라고 생각했다. 그래서 당당하게 엄마와 아빠에게 말했더니 두 분은 내 생각과 달랐다. 아빠는 고등학생인 딸한테 아르바이트를 시키면 남들이 뭐라고 하겠냐며 공부나 열심히 하라고 언성을 높였고, 엄마는 나처럼 공부 대신 돈부터 벌겠다는 동생을 봐서라도 누나인 내가 학교를 성실하게 다녀야 한다고 말했다. 이해가 안 됐다. 공부를 하는 이유도, 학교에 다니는 이유도 좋은 곳에 취업해 돈을 벌기 위해서라고 생각했기에. 돈이 먼저가 되면 왜 안 되는지. 며칠 동안 나는 엄마와 아빠를 설득하기 위해 애원하고 고집 피우기를 반복했다. 그러다 결국엔 이미 충분히 생계와 동생 일로 힘들어하는 엄마와 아빠를 주말마다 괴롭히는 것도 못할 짓 같아 그냥 혼자 조용히 해결하기로 결정했다.

'주말 저녁 아르바이트라도 몰래 구해서 해야겠다.'

솔직히 예전엔 가족 탓을 하기도 했다. '고작 야자 하나 빼주는 게 뭐가 그렇게 힘들었을까' 하고. 하지만 지금 생각해보면 내가 너무했구나라는 생각이 든다. 다들 물에 빠져 있는데 도와주진 못할 망정 내 발로 더 깊은 곳에 빠져버렸으니. 아무것도 모르는 엄마에게, 유일하게 내가 멀쩡하다고 생각해 의지하려 했던 엄마에게 더 막돼먹은 사람처럼 굴곤 했으니.

▷ 5 ◁

열여덟 살 10월의 어느 날 밤, 처음으로 아르바이트 구직 사이트에 들어갔다. 회원 가입을 하고, 배너에서 내가 사는 지역을 클릭한 뒤 내 나이와 성별, 내가 일할 수 있는 요일과 시간대를 설정했다. 네다섯 개의 일자리가 나왔다. 하지만 주말 저녁 6시, 교문을 나와 일하는 곳에 도착하는 시간까지를 계산해보니 날아가지 않는 한 모두 불가능했다. 다시, 다른 구직 사이트를 찾아 일자리를 검색하길 반복했다. 오기가 생겨 그날부터 평일 밤 11시, 주말 저녁 7시, 이렇게 매일같이 학교가 끝나고 집으로 돌아오면 컴퓨터 앞에 앉아 내가 할 수 있는 일을 찾아다녔다. 그러다 며칠 뒤, 내 조건에 맞는 일자리가 하나 떴다. 학교 근처에 있는 고깃집 서빙 일. 그때 얼마나 신이 났는지 모른다. 늦은 밤인데도 당장 전화를 걸어 "제가 할게요!"라고 소리치고 싶었다. 아직 된 것도 아니면서 돈을 벌 수 있을지도 모른다는 희망에 설레었다.

이튿날 학교에 도착하자마자 나는 통화할 말을 종이에 끄적거렸다. 구직 사이트에 적혀 있는 팁대로, "안녕하세요. 구직 사이트에서 보고 연락드렸습니다"를 시작으로 구구절절 예상 질문과 답변들을 적어내려갔고 중얼거렸다. 그러고 나서 식당이 한가하다는 오후 3시쯤에 맞춰 전화를 걸었다. 인적이 드문 계단으로 가 왼쪽 가슴 위를 부여잡고 옆에 있어달라는 내 부탁에 쫓아온 친구를 통화 연결음에 맞춰 마구 흔들었다. 긴장됐지만 설렜다.

전화는 중년의 남자 사장님이 반갑게 받으셨다. 나는 연습했던 대로 "안녕하세요. 구직 사이트에서 보고 연락드렸습니다"라고 말했다. 나이가 어떻게 되는지 물어오는 사장님의 질문에 열여덟 살이라고 대답하자 이번엔 부모님께 허락은 받았는지 물어보셨다. 허락받지 못했다고 대답하면 뽑히지 못할 거란 생각에 "네"라고 거짓말을 했다. 사장님은 부모님과 함께 동의서를 작성해 면접을 보러 오라고 하셨다. 면접 볼 때 부모님과 통화를 할 테니 속여서 갖고 오지 말라는 말도 덧붙이셨다. 부모님 흉내를 내줄 친구가 있나 빠르게 머릿속으로 굴려봤지만, 단호해진 사장님의 목소리가 신경 쓰였다. 계단 난간을 잡고 있던 손이 축축해져 손을 떼고 잠시 뜸을 들였다. 그러다 결국엔 부모님이 허락을 안 해주시는데 집안 장녀라 열심히 잘할 수 있다며 횡설수설 빠르게 얘기했다. 사장님은 안 된다고 뚝 잘라 말하고는 전화를 끊었다.

　나는 다시 일을 찾았다. 그리고 이번엔 구직 사이트에 있는 '이력서 공개하기'*라는 서비스를 이용하기로 했다. 공개할 이력서를 작성하면서 왜 진작 이 서비스를 이용하지 않았는지 후회했다. 내 얼굴이 나온 사진을 첨부했고, 이름, 나이, 휴대전화 번호, 학교명, 집 주소 등을 입력한 뒤 간단한 자기소개를 적었다. 여러 번 검토한 뒤 공개하기 버튼을 눌렀다. 고깃집 사장님처럼 부모님과 통화하길 원하는 사장님이 있을 수 있으니 친구 몇 명에게 미리 부탁을 해놓기도 했다.

　이제는 휴대전화를 켠 채 가만히 기다리기만 하면 됐다.

▷ 6 ◁

그 사람에게서 처음으로 문자가 온 날, 그날은 2학기 체육 수행평가 시간이었다. 정확하진 않지만 종목은 멀리뛰기였던 것 같다. 여느 날과 다르게 체육복을 입고 다 같이 운동장 바닥에 다닥다닥 앉아 있었던 걸 떠올리면.

　이력서를 공개로 올려놓은 날부터 나는 휴대전화가 울리기라도 하면 수업 시간이어도 상관없이 불쑥 꺼내 연락 온 걸 확인했고 그날도 그랬다. 진동이 울렸고, 체육복 바지에서 바로 휴대전화를

---

* '이력서 공개하기'란 구직 사이트에서 작성한 이력서를 공개로 해놓으면 아르바이트생이 필요한 사용자가 보고 먼저 연락을 주는 서비스다.

꺼내 확인했다. 모르는 번호로 문자 한 통이 와 있었다.

"안녕하세용 그루양 맞나요? 구인 사이트에서 이력서 보고 연락 했어용 *^^*"

수업 시간만 아니면 소리를 지르고 싶었다. 나는 서둘러 한 손으로 입을 막은 채, 나머지 한 손으로 '맞아요!'라고 답장을 썼다. 뭐든 열심히 일할 수 있다는 말도 덧붙였다.

답장은 바로 왔다.

"대학생 오빠들이랑 한 시간 데이트하고 3만 원 용돈 받는 거예요. 돈이 더 필요하면 스킨십하고 2만 원, 잠자리하고 7만 원 더 받을 수 있어용 *^^*"

탁.

문자를 읽자마자 누가 볼까 싶어 서둘러 휴대전화를 닫았다. 늦가을 바람이 선선한데도 얼굴이 달아올랐다. 말로만 듣던 원조교제가 싫었고 이 남자가 내 얼굴, 이름, 나이, 전화번호, 학교, 집 주소, 이 모든 걸 알고 있다고 생각하니 덜컥 겁이 났다. 잘못된 일을 한 것처럼 심장이 계속 두근거렸다. 아무래도 3만 원이라는 숫자에 순간 고민한 나 자신 때문인 것 같았다. 고민하지 않았더라면 휴대전화를 바로 닫지 않고 주변 친구들에게 그 문자를 보여주며 욕을 했을 거다. 등에서 식은땀이 났다. 몇 분이 지나고 다시 진동이 울렸다.

"그루양 생각 없어용?"

나는 서둘러 답장을 했다. "네, 생각 없어요."

그리고 그 사람에게서 온 문자들을 전부 삭제했다.

▷ 7 ◁

그 문자 이후로 더 이상의 구인 연락은 오지 않았다. 이력서만 공개하면 바로 일을 구하고 돈을 벌 수 있을 거라 생각했는데, 그 모든 게 생각했던 대로 되지 않았다.

나는 다시 엄마와 아빠를 설득했다. 고집을 피우다 화를 내고 다투길 반복했다. 다시 구직 사이트를 들락날락하며 울리지도 않는 전화를 꺼내 수시로 확인했다. 그리고 그런 나를 옆에서 지켜보던 친구 하나가 선뜻 자신의 적금통장을 깨 돈을 빌려주겠다고 말했다.

점심시간에 잠깐 그 친구 집에 들렀다 나오는 길이었고 나는 혹시라도 구인 연락이 왔는지 재차 전화를 확인하던 중이었다. 나중에 갚으면 된다며 자기 엄마도 이해해줄 거라는 친구의 말과 표정엔 나를 동정하는 느낌이 조금도 비치지 않았다. 그 아이는 원래 그런 친구였다. 내게 좋은 일이 생기면 나보다 더 기뻐해주고, 내게 안 좋은 일이 생기면 나보다 더 슬퍼하며 응원해주는. 그런데도 나는 '바보같이 돈 빌려준다는 말을 그렇게 쉽게 하는 거 아니'라고 말했다.

"너라서 그러는 거지. 어차피 네가 갚을 텐데 뭐. 난 당장 필요 없지만 너한테는 필요하잖아."

하얀 친구의 얼굴이 햇빛을 받아 더 환하게 빛나 보였다. 순간, 그 친구가 미웠다. 그 모습 때문에 내 그림자가 더 뚜렷해진 것 같았기 때문이다. 잠깐이지만 정말 받아도 될까 고민했던 내 자신이 비참했다.

'나도 저렇게 될 수 있을까? 선뜻 100만 원이라는 돈을 빌려주겠다 말하고, 엄마가 이해해줄 거라 확신하고, 사람을 믿고.'

처음으로 친구에게 질투를 느꼈고 그런 나 자신이 너무나 싫었다. 그래서 모질게 "됐어"라고 말한 뒤 서둘러 대화 주제를 돌렸다.

아직도 그때 그 친구의 다정한 말과 표정을 떠올리면, 내 옆에 있어준 친구들 한 명 한 명을 떠올리면, 너무 미안해 죄를 지은 것 같다.

학교 안에서의 나는 나름 밝고 재미있는 아이였다. 반 친구들과도 두루두루 잘 지냈다. 고등학교 생활기록부에도 3년 내내 그렇게 적혀 있다. 밝고, 긍정적이고, 친절하고, 솔직하고, 재미있고, 친구들에게 인기가 많은, 주변을 밝히는 분위기 메이커. 실은 내 친구들이 그랬기에 나도 그렇게 보인 것 같다. 나는 단지 그런 친구들에게 내 악취가 티 날까봐, 다 잃을까봐, 두려워 그런 척하려고 애썼을 뿐이다.

사실은 어둡고, 부정적이고, 예민했다. 거짓말쟁이에다가 우울하고, 혼자라고 생각했다.

학교 수업을 마치면 교문을 나와 성인 남자들을 만나러 갔다.

그때 그 죄책감이 너무 커 성인이 되고 나서는 술을 먹으면 곧

잘 친구들에게 미안하다고 말하면서 울곤 했다. 나중에는 그냥 친구들이 나를 잊어버리길 바라면서 휴대전화 번호를 바꾼 채 아무런 소식 없이 지냈다.

고등학교를 졸업하고 나서 한 번도 보지 못했다가 얼마 전 우연히 내게 선뜻 돈을 빌려주겠다고 말한 친구를 마주쳤을 때 당황했던 이유도 그래서였다. 반가웠지만 피하고 싶었다. 혹시라도 반가워하지 못한 내 표정에 상처를 받았을까…… 나는 또 죄책감이 든다.

$$\triangleright\, 8 \,\triangleleft$$

'그냥 그 남자한테 한다고 말할걸.'

며칠 뒤 나는 그 남자에게 거절 문자를 보낸 걸 후회하고 있었다.

'어차피 데이트만 하면 되는 건데, 한 시간에 3만 원인데, 남자 소개받는 거랑 다를 게 뭐 있다고'라며 아쉬워했다.

후회한 지 한 달 정도 지났을까, 수업 시간에 주머니 속 휴대전화가 다시 울렸다. 선생님 몰래 꺼내 책상 서랍 안으로 살짝 숨겼다. 슬쩍 확인해보니 문자 한 통이 와 있었다.

"그루양, 아직도 아르바이트 못 구했죠? 대학생 오빠랑 데이트만 하고 한 시간에 3만 원 용돈 받는 건데 여전히 생각 없어요? 남자 소개받는 거라고 생각하고 나오면 되는데~ *^^*"

수업을 마치는 종이 울리자마자 벌떡 일어나 오랜 단짝 친구인

K의 반으로 뛰어갔다. K의 손목을 잡고 인적이 드문 계단으로 가 그 남자에게서 온 문자를 보여줬다.

"안 돼. 절대 안 돼. 너 미쳤어?"

K가 잔뜩 미간을 찌푸렸고 나는 K를 설득하기 시작했다.

"진짜 남자 소개만 받는다 생각하고 나갔다가 3만 원만 받고 오면 되잖아. 괜찮지 않아?"

K는 계속 안 된다고 말했다. 갔다가 무슨 일이라도 당하면, 영원히 돌아오지 못하면 어떻게 할 거냐며 나를 겁주기 시작했다. 하지만 무슨 일을 당할지 모른다는 말도, 영원히 돌아오지 못할지도 모른다는 말도 마음에 와닿지 않았다. 나는 계속 위험하다고, 절대로 안 된다고 말하는 K에게 장난스럽게 커터 칼 하나와 뾰족한 돌을 숨겨가겠다고 말했다.

"혹시라도 무슨 일이 생기잖아? 그럼 바로 주머니에 있는 커터 칼을 꺼내 다가오지 마! 이러면 돼. 그러다가 뺏기잖아? 그럼 반대쪽 주머니에서 짱돌을 꺼내면서 짜잔, 이것도 있지! 하는 거야. 어때, 괜찮지?"

나는 웃었고 K는 정색을 했다.

"너 진짜 멍청하냐? 네가 남자를 어떻게 이겨?"

K가 화를 냈고 나는 그런 K의 모습이 재미있어 배를 잡고 웃었다. K가 내 휴대전화를 뺏으려 하자 나는 계단을 내려가며 도망쳤다. 나를 위해 걱정하고 화를 내주는 친구가 있다는 게 좋았다.

왜 그날 그 얘기를 해서 지금까지 K가 죄책감을 갖게 만들었는지, 내 모든 투정을 받게 만들었는지 여전히 후회되지만, 그냥 내가 이기적인 인간이어서, 나도 사실은 조금 무서워서 그랬다.

"내가 이 남자 전화번호 알려줄게. 혹시라도 내가 약속한 시간 넘어서도 연락 안 하면 네가 경찰에 신고 좀 해줘. 그런데 괜찮을 거야. 데이트만 하고 올게. 진짜."

나는 그 남자의 번호를 받지 않겠다고 말하는 K에게 문자로 번호를 넘겨줬고, K의 전화번호를 긴급 연락처로 저장했다.

쉬는 시간이 끝나고 반으로 돌아와 그 남자에게 답장을 했다.

"이번 주 토요일 저녁 7시에 가능할까요?"

"좋아용~*^^* 그루양, 그래도 그날은 데이트니까 치마 입고 와요. 교복도 좋구요."

고개를 숙여 입고 있는 교복을 내려다봤다. 매일 입고 다니는 거라 찝찝하긴 했지만, 어차피 입고 나갈 사복 치마도 없었다. 나는 그 남자에게 알았다고 답했다.

누군가에겐 교복이 방패가 될 수 있지만 누군가에겐 교복이 표적이 될 수 있다는 걸 그때는 몰랐다.

▷ 9 ◁

가끔가다 어이없는 글을, 말을 보고 듣곤 한다. 미성년자 관련 성범죄를 해결하기 위해서는 성매매를 합법화해야 한다고. 남자들에게 성욕을 해소할 길을 만들어줘야 약자에 대한 성범죄가 일어나지 않는 거라고. 말도 안 되는 변명이다. 합법화가 되면, 본인의 가족과 가족이 될 사람, 연인과 친구 등이 성매매를 해도 상관없다는 걸까? 그런 일을 한다고 말하면, '그래, 합법이니까' 하고 넘어갈 수 있다는 걸까?

불법이든 합법이든 상관없이 이미 수많은 성매매 수법이 존재하는 걸 모르지 않을 텐데. 그런 일을 하는 사람들에게 걸레라고 손가락질하면서, 사람 취급도 해주지 않으면서 성매매를 합법화하자고? 정말 약자들을 위해서?

성인 남자가 미성년자에게 접근하는 이유는 교복을 입은 진짜 중고등학생을 원해서다. 진짜 중고등학교 교복을 입고 다니는 진짜 여학생들.

불법 촬영물 사이트만 들어가봐도 항상 '교복' '고딩', 이 두 단어가 인기 검색어로 떠 있다. 성매매 여성이 아닌 교복을 입은 청소년들이 담긴 불법 촬영을 찾는 남자가 많다는 뜻이다. 성인용품 사이트를 들어가봐도 그렇다. 교복을 입고 있는 여자아이 캐릭터가 그려진 남성용 자위 기구가 널리고 널렸다.

그런데 성매매를 합법화하자고? 남자들에게 성욕을 해소할 길을 만들어줘야 약자에 대한 성범죄가 일어나지 않는 거라고? 미성년자들을 성적으로 대상화하는 이들을 제대로 관리하지도 못하면서?

그날이 되었다. 그 남자를 만나러 가는 날.

약속 장소는 내가 정했다. 동네에서 조금 떨어진 공사장으로. 위험하긴 했지만, 아빠가 아닌 다른 성인 남자의 차를 타고 가는 나를 누군가가 보는 것보다는 그 편이 안전하다고 생각했다.

늦가을 저녁 하늘은 어느새 어둑어둑해져 있었다. 길엔 검붉게 물든 낙엽들이 나뒹굴고 있고 사람들이 밟고 지나갈 때마다 바스락바스락 부서지는 소리를 냈다. 교복을 입고 있는 또래들은 저마다 집으로, 학원으로, 독서실로 발걸음을 옮기는 중이었고 나는 단짝 친구 둘과 함께 버스 정류장을 향해 걸었다. 정류장 주변엔 은행 열매들이 우수수 떨어져 있었고 사람들이 무심코 밟고 지나간 은행들은 악취를 풍겼다. 나는 은행들을 밟지 않으려고 뒤꿈치를 든 채 조심조심 걸었다.

"진짜 갈 거야?"

K가 걱정 가득한 표정을 지으며 버스 도착 시간을 확인하는 내게 물었다.

"갔다가 무슨 일 생기면 어떡해."

또 다른 단짝 Y도 옆에서 거들었다. 나는 그 둘에게 교복 치마 양쪽 주머니에 나란히 넣어둔 커터 칼과 운동장에서 주운 돌 하나를 꺼내 보여주며 걱정 말라는 소리를 하며 웃었다.

그날 아침, K에게 했던 말이 생각나 등굣길에 주운 돌이었다. 끝

악취

이 뾰족한, 한 손에 들어오는 작은 돌. 그런데도 K는 웃지 않았다.

버스는 금방 도착했다. 사람들을 따라 멈춰 서는 버스를 향해 줄을 섰고 그런 나를 걱정 가득한 표정으로 지켜보는 친구 둘에게 손을 흔들었다.

"이게 우리의 마지막 인사일 수도 있어!"

내 말에 울컥 화를 내는 친구들의 모습이 재미있어 혼자 버스에 올라타면서 키득거렸다. 그리고 서둘러 창가 자리에 앉아 친구들을 향해 다시 손을 흔들었다. 화를 내던 그 둘이 다시 걱정 가득한 표정을 지으며 마지못해 나를 향해 손을 흔들었다. 버스가 출발하고, 두 친구가 멀어지고, 버스 정류장을 하나둘 지나칠 때마다 멀미를 하는 것처럼 속이 울렁거렸다. 가을 저녁 하늘이 빠르게 어두워져갔다. 이어폰을 귀에 꽂고 노래를 들으며 덜덜 떨리는 무릎을 두 손으로 꽉 잡았다. '남자 소개받으러 가는 거랑 뭐가 달라. 괜찮아'라고 되뇌었다.

하지만 무서웠다. 정말 무슨 일이라도 생겨서 가족들이 죄책감을 갖게 될까봐, 두 친구가 자책을 하게 될까봐, 나 때문에 내 주변 사람 모두가 잘못될까봐.

하지만 출발을 했는지 묻는 남자에게 '네, 가고 있어요'라고 답장했다.

그 남자와의 약속 장소인 다음 정류장을 알리는 방송이 나오고, 다시 이번 정류장임을 알리는 방송이 나왔다. 내려야 할지, 그냥 지나쳐야 할지 갈팡질팡하다가, '누군가가 벨을 누르면 내리고,

아무도 벨을 누르지 않으면 그냥 지나치자'라고 결심했다. 벨은 아무도 누르지 않았다. 전부 내 탓이다. 약속 장소가 보였고, 결국 내 손으로 직접 손을 뻗어 벨을 눌렀다. 출입문 손잡이를 잡고 고개를 숙여 창밖을 내려다봤다. 출입문이 열리는 소리가 나고 서둘러 버스 기사님을 쳐다봤다. 하지만 '죄송해요. 잘못 눌렀어요'라는 말이 입안에서만 맴돌았다. 결국 내 발로 버스에서 내렸다.

약속 장소엔 아무도 없었다.

'갑자기 큰 차가 나타나서 나를 납치해가면? 그래서 강간이라도 당하면? 장기 적출이라도 당하면? 그러면 어떻게 하지?'

바로 건너편에 집으로 돌아갈 수 있는 버스 정류장이 보였다. 버스에서 내린 지 얼마 안 됐으니 반대편 버스도 조금만 기다리면 올 것 같았다. 횡단보도는 몇 발짝만 걸어가면 있었고 초록불만 켜진다면 버스를 타고 집으로 돌아갈 수 있었다. 아니, 차가 별로 다니지 않는 곳이니 그냥 서둘러 건너가도 됐을 거다.

그런데도 나는 계속 그 자리를 빙글빙글 맴돌았다. 횡단보도를 향해 걷다가 다시 약속 장소인 버스 정류장으로 되돌아오고. 반복하고 반복하면서.

'그냥 갈까? 아니야, 여기까지 왔는데…… 무슨 일이라도 생기면 어떻게 해? 이거 말고 아무 일도 못 구하면 어떻게 해?'

그러다 다시 횡단보도를 향해 걸었을 때, '그래, 조금만 더 일을 구해보자'라고 생각하던 그때, 눈앞에 검정 고급 승용차 한 대가 코너를 돌기 위해, 그러니까 내가 서 있는 방향으로 오기 위해 깜빡이를 켠 채 머뭇거리고 있었다.

나는 그 차를 좋아했었다. 그 차를 볼 때마다 나중에 성공하면 아빠한테 그 차를 사주겠노라고 다짐하곤 했다. 그 차가 코너를 돌아 나를 향해 깜빡이고 내 앞에 멈춰 서기 전까지.

조수석 창문이 천천히 내려가고 운전석에 앉은 남자의 얼굴이 보였다. 덩치가 큰 남자. 20대 대학생이라고 말했건만 서른은 되어 보였다.

"그루양 맞죠? 타요."

심장이 멈춘 채 마구 널뛰기를 하는 것 같았다. 목이 꽉 막히고 배 속이 울렁거렸다. 겁이 났다. 절대로 그 남자는 못 이길 것 같았다. 성인 남자를 힘으로 이길 수 없다는 걸, 아니 같은 또래여도 남자를 힘으로 이길 수 없다는 걸 누구보다 잘 알고 있었지만.

"추운데 얼른 타요!"

내가 가만히 서 있자 남자가 빤히 쳐다보며 다시 말을 걸었다. 나는 어색하게 웃으며 살짝 고개를 끄덕였다. 뻣뻣해진 팔을 끌어올려 뒷문을 열었다. 그 남자를 만나기 전까지 며칠 동안 꾸준히 머릿속으로 연습했던 거였다. 먼저 뒷문을 열고 다른 사람이 있는지, 밧줄이 있는지, 야구 배트가 있는지, 칼이 있는지, 도끼가 있는지 확인할 것. 뭐라도 있으면 재빨리 뛸 것.

하지만 차 뒷좌석은 깨끗했고, 두 발은 뛸 곳을 잃어버렸다.

"그루양, 데이트인데 앞에 타야죠!"

남자가 하하하 크게 웃었다. 그리고 나는 그 남자의 웃음소리에,

내 망상에 대한 민망함에 서둘러 뒷문을 닫고 조수석 문을 열어 차에 올라탔다.

⇨ 11 ⇦

그 남자의 차 안에서는 항상 짙은 향수 냄새가 났다. 그 향에 갇힌 거 같다는 느낌이 들 정도로 짙은.

나는 기어들어가는 목소리로 "안녕하세요"라고 말하며 조수석 의자에 살짝 걸터앉았다. 문을 닫고 나서도 문고리에 올려놓은 손을 놓아야 한다는 걸 잊은 것마냥 그렇게 계속 손을 떼지 않았다. 여차하면 바로 문을 열고 튀어나갈 생각이었다. 시선도, 손도, 팔다리도 하나같이 어색했지만 어쩔 수 없다고 생각했다.

"그루양, 사진보다 실물이 훨씬 나은데요?"

그 남자는 내 얼굴을 빤히 처다보더니 칭찬부터 했다. 나는 창문 밖으로 시선을 피했다. 그 남자가 차를 출발시키며 내게 가고 싶은 곳이 있는지 물었고 나는 "괜찮아요"라고 답했다. 여전히 기어들어가는 목소리로.

그 남자는 원래 만나고 있는 다른 여고생 친구가 있어서 나를 다른 사람에게 소개시켜주려고 했는데, 내가 너무 마음에 들어 그러기 싫어졌다고 말했다. '다른 여고생.' 나는 이 일을 하는 애들이 많은지 물었다. 그 남자는 눈을 동그랗게 뜨며 끄덕였다.

"네, 얼마나 많은데요. 중학생 친구도 있어요."

그 남자는 조건만남이 사람들에게 안 좋게 인식됐을 뿐이지 돈이 필요한 친구들이 외로운 오빠들에게 말동무가 되어주고 용돈을 받아가는 게 뭐가 나쁘다는 건지 모르겠다고 말했다. 남을 괴롭히고 해치는 사람들이 정말 나쁜 거 아니냐며 나를 빤히 쳐다봤다. 나는 "그렇죠"라고 말하며 끄덕였다.

차는 약속 장소와 얼마 떨어지지 않은 곳에서 쓸데없이 빙글빙글 돌고 있었다. 그리고 그 남자는 내게 끊임없이 질문을 퍼부었다.

"그루양 밥은 먹었어요?"

"그루양은 남자친구 있어요?"

"그루양은 뭐 좋아해요?"

자신의 이름은 내게 알려주지도 않은 채 말을 걸 때마다 내 이름을 불렀다. 나는 나에 대해서, 그러니까 이 남자가 내 이름과 내가 다니는 학교를, 우리 집을 알고 있다는 사실이 계속 상기돼 불편했다.

시간이 어느 정도 지났는데도 나는 몸을 바짝 창문에 기댄 채 밖을 바라보며 엉거주춤 앉아 있었다. 여전히 오른손을 문손잡이에 올려놓은 채. 그런 나를 지켜보던 남자가 "그루양, 오빠 별로예요?"라고 물었다. 입을 삐죽거리며 시무룩한 표정을 하면서 내 손을 쳐다본 채. 나는 서둘러 문고리에서 손을 떼면서 아니라고 손사래를 쳤다. 그런 뒤 손을 어디에 둬야 할지 몰라 무릎 위에 올려놓았다가, 가방을 끌어안았다가, 창문 밖을 신기한 척 바라보면서 다시 문고리에 슬며시 올려놓았다.

그 남자는 자기가 마음에 들지 않으면 다른 오빠를 소개시켜주거나 다음부터 나오지 않아도 되니 긴장을 풀라며 웃었다. 그러다 편의점 앞에 차를 세우곤 내게 먹고 싶은 게 있는지 물었다. 바지 뒷주머니에 있는 지갑을 빼내면서 대답 없는 나를 다시 빤히 쳐다봤다. 나는 이번에도 괜찮다고 말했다.

"그럴 줄 알았어요. 잠깐 차에서 기다려요. 오빠가 알아서 사올게요."

그 남자가 웃으면서 차에서 내렸다. 시동을 켜놓은 채로. 차에선 시끄러운 클럽 음악이 흘러나오고 있었다. 저린 손을 만지작거리면서 나는 편의점으로 걸어 들어가는 남자의 뒷모습을 꼼꼼하게 훑었다. 키는 180센티미터 정도 돼 보였고 덩치도 컸다. 손에 들려 있는 지갑과 신고 있는 신발, 차키에 걸려 있는 키링과 운전석 아래에 있는 클러치 모두 명품이었고, 고급 승용차를 모는 걸로 봐서는 절대 대학생 신분은 아닌 것 같은데 그렇게 보이려고 야구 브랜드의 잠바를 입은 듯했다. (대학교 잠바인지도 모르겠다.)

남자가 편의점 문을 열고 안으로 들어가 이것저것 고르는 모습을 확인하고 나서야 나는 차 안을 둘러봤다. 뒷좌석을 다시 한번 확인했고 차에 있는 물품들도 꼼꼼하게 살폈다. 차 안은 깨끗했다. 차 수납 칸마다 휴지와 물티슈가 꽂혀 있다는 거 빼곤 별다른 특징이 없었다. 나는 차를 둘러보며 '깔끔한 사람이네'라고 생각했다.

시동이 켜져 있었지만 혹시 차 안에 갇힌 게 아닐까 싶어 차 문을 살짝 열었다 닫아보기도 했다. 차 안으로 찬 공기가 훅 들어왔고 피식 웃음이 났다. 별일도 아닌데, 그냥 성인 남자랑 이렇게 드라이브만 하는 게 다인데 내가 너무 긴장을 한 것 같아서, 호들갑을 떤 것 같아서. 문을 닫고 나서야 나는 의자에 기대 편히 앉았다. 주머니에 들어 있던 휴대전화를 꺼내 K와 Y에게 살아 있다고 장난스럽게 문자를 보냈다.

마침 남자는 편의점에서 나오고 있었다. 손에 비닐봉투 하나를 들고. 나는 다시 고개를 숙였다가 조수석 창문 쪽으로 시선을 돌렸다.

차에 올라탄 남자는 봉투에서 바나나 우유 두 개를 꺼내 하나는 자기 무릎 위에, 나머지 하나는 빨대를 꽂아 내게 건넸다. 비닐봉투도 같이.

"바나나 우유를 싫어하는 친구는 없더라구요. 아, 그리고 초코바도 몇 개 샀어요. 둘 다 좋아하죠?"

나는 "감사합니다"라고 대답했다. 그 남자는 오늘이 첫 만남이고 내가 긴장을 많이 해서 피곤할 테니 이제 그만 집에 보내주겠다고 말했다. 그리고 주머니에 바로 넣어도 된다며 지갑에서 3만 원을 꺼내 손에 쥐여줬다. "자, 용돈이용."

나는 꾸벅 고개를 숙여 그 돈을 받았다. 차는 다시 약속 장소로 돌아왔다. 나는 "감사합니다"라고 말하며 차에서 내렸다.

그 남자는 조수석 창문을 열고 내게 손을 흔든 뒤 바로 차를 운전해 그 자리를 떠났다.

'괜찮은데?'

횡단보도를 건너면서, 집으로 되돌아갈 버스를 기다리면서 나는 어쩌면 그 남자가 괜찮은 사람일지도 모른다는 생각을 했다. 그냥 걱정했던 일이 일어나지 않았다는 이유 하나만으로.

버스 정류장 의자에 앉아 주머니에 들어 있던 돌을 꺼내 옆자리에 올려놓았다. 친구 둘이 어이없어 웃는 모습을 생각하면서 주운 그 돌이 좋았다. 오늘을 추억하기 위해 집에 가져갈까 하다가 버스가 도착했을 때 급히 바닥에 내려놓았다. 다른 돌들이랑 같이. 그러다 버스 창가 자리에 앉아 '있던 자리에 도로 가져다놓을걸 그랬나' 하고 후회했다.

⇨ **12** ⇦

돈이 생겼다. 성인 남자와 드라이브를 하고 그 남자가 사준 바나나우유를 마셨을 뿐인데.

이튿날 나는 친구들을 불러 모아 간식을 샀다. 그렇게 가기 싫었던 매점에 가서.

나는 매점을 싫어했다. 쉴 새 없이 웃고 떠들다가도 그곳에만 가면 아무도 내게 신경 쓰지 않는데도 눈치를 보며 입을 꾹 다물었다. 점심, 저녁 급식을 먹고 나서 친구들이 번갈아가며 간식을 사겠다고 외칠 때마다, 다른 친구들이 그 말에 신나하며 이것저것 먹고 싶은 걸 고를 때마다, 계산을 하는 친구가 아무렇지 않게 돈을 낼 때마다, 다른 친구들이 매점에서 나오면서 저마다 "나중에는 내가 살게"라고 할 때마다 나는 어색해했다.

친구들이 간식을 사주는 날이 쌓여가고, 나는 아무것도 사주지 못한 채 염치없다는 생각이 쌓여가면, 사야 할 보충 교재를 사지 않거나 엄마에게 보충 교재를 사야 한다고 거짓말을 한 뒤 돈을 받아 친구들에게 간식을 샀다. 나중에는 교재를 빌려 쓰라는 엄마의 말에 그 거짓말도 통하지 않았지만.

큰애가 돼서 집안 사정을 아는데도 철이 없다는 둥, 공부도 안 하는 네가 하는 게 뭐가 있냐는 둥, 급식비를 내주지 않느냐는 둥, 친구들에게 얻어먹질 말라는 둥 온갖 비난을 들으며 엄마와 한바탕 전쟁을 치르고 나서야 용돈이라는 걸 받을 수 있었다. 그것도 엄마의 손을 통해서가 아니라, 이튿날 아침 내 책상 위에서.

그럼 나는 매번 그 돈을 조용히 교복 주머니에 구겨 넣고 서둘러 집을 나섰다. 엄마의 얼굴을 어떻게 봐야 할지 몰라서, 어떤 표정을 짓고 무슨 말을 해야 할지 몰라서. 그렇게 집 밖을 나와 등굣길에 오르면 괜히 구겨 넣은 돈을 펼쳐보기도 했고, 건드리기 싫어 주머니에서 계속 부스럭거리는 걸 외면하기도 했으며, 결국 신경이 쓰여 가방 안 속주머니에 넣어두기도 했다. 억울함인지 죄책감인지 모르겠는 답답함에 울컥하다가 입술을 꽉 깨물고 학교로 향하는 오르막길을 오르곤 했다.

그 돈으로 친구들과 매점에 가서 간식을 사 먹으면 친구들에게 미안했던 마음이 조금 덜어지긴 했지만 엄마에게 미안한 마음이 곧바로 그 자리를 더 무겁게 채웠다.

그 남자에게서 받은 돈은 아무렇지도 않았다. 비난도 죄책감도 없었고 속이 후련하기까지 했다. 아침 조회 시간이 끝나고도, 점심 시간, 저녁 시간이 지나고도, 야자 시간에도, 쉴 새 없이 매점을 들락거리며 간식을 사 먹었고 웃고 떠들었다.

그 남자는 그날 이후로 내게 띄엄띄엄 사소한 연락을 해왔다. 집에 잘 들어갔는지, 지금 뭘 하고 있는지 물었고, 하루는 바다를 보러 왔다며 바다 사진을 보내주기도 했다. 그리고 보통 한두 통 문자를 하면 연락이 끊겼다. 그러니까 내가 답장을 하면 끊겼다가 며칠 뒤 다시 연락이 왔다. 나는 그때도 별생각이 없었고 '바쁜가보다' 하고 말았다.

최근에야 미성년자를 성착취 하는 어른들이 신고를 당할 경우 연인관계였다고 둘러대기 위해 의도적으로 그런 문자를 한두 통 보낸다는 걸 알게 됐다.

⇨ 13 ⇦

"안녕하세요."

며칠 후 나는 다시 그 남자를 만났다. 그날도 긴장되긴 했지만 그래도 처음 만났을 때보단 덜했다. 처음 만났을 때와 똑같이 차에선 짙은 향수 냄새가 풍겼고 남자의 옷차림도 그대로였다. 차 안도 변한 게 없었다.

하지만 조수석 의자가 따뜻했다. 낯선 온기에 '다른 여자애가 있었나' 하고 생각했다. 왠지 꺼림칙했다.

"날씨가 금세 추워졌죠? 그루양 춥지 말라고 오빠가 의자 히터 틀어놨어용."

엉거주춤 앉아 있는 내게 그 남자가 말했다. "의자에 히터가 돼요? 전기장판처럼요?"

꺼림칙하다고 생각했던 게 괜히 민망해 호들갑을 떨었다. 어깨를 축 늘어뜨린 채 의자에 푹 기대어 앉았다. 따뜻했다. 좋은 차는 이런 기능도 있구나 하며 신기해했다. 손을 녹이기 위해 손바닥을 허벅지 아래에 두었다.

그 남자는 그런 나를 계속 쳐다봤다. 운전을 하면서도 계속. 내가 발은 어떻게 하고 있는지, 손은 어떻게 하고 있는지 백미러로 힐끔힐끔. 그러다 손이 많이 차냐며 갑자기 내게 손을 내밀었다. 그 남자가 내민 손을 쳐다보고, 그 남자를 쳐다봤다. 주기 싫었다. 그러다 "오빠 손 따뜻해요. 어서 줘봐요"라고 말하는 남자의 말에 결국 손을 내밀었다. 따뜻했다. 하지만 처음 만났을 때처럼 다시 긴장이 됐다.

그 남자는 내 손을 꽉 쥐고선 손이 너무 차다며 호들갑을 떨었다. 잔뜩 걱정스런 표정을 짓더니 나머지 손도 달라며 다시 손바닥을 펼쳤다. 싫었지만 또 내밀었다. 그 남자의 커다란 손 하나에 내 두 손이 꽉 쥐였다. 푹 기대어 앉아 있던 의자 등받이에서 멀어진 채로 옆 창문을 봤다가 다시 정면을 봤다. 고개가 굳은 것처럼 뻣뻣했다.

차는 첫 만남처럼 목적지 없이 약속 장소 주변을 빙글빙글 돌았고 차 안에는 첫날처럼 시끄러운 클럽 노래가 흘러나오고 있었다. 야한 노래 가사가 머릿속에 계속 맴돌고, 그 남자의 손에 잡힌 내 손은 저리고, 이 모든 상황이 어색해 나는 횡설수설하며 처음으로 먼저 말을 걸었다.

우습게도 내가 한 질문은 "대학에 꼭 가야 되나요?"였다. 그 남자는 나이가 많지 않은데도 가진 게 많았으니까 답을 알 거라고 생각했던 것 같다. 다행히 내 질문에 그 남자가 슬쩍 내 손을 놓았다. 사뭇 진지한 표정을 짓고 턱을 매만지며 진지하게 고민하는 듯했다. "음⋯⋯."

그 남자는 그동안 내가 듣고 싶어했던 대답들을 해줬다. 세상이 많이 변해서 굳이 대학을 나오지 않아도 성공할 수 있다고, 주변에 그런 친구들이 꽤 많다고.

그 남자는 내게 아직 열여덟 살이고 어리니까, 뭔가에 실패해도 충분히 다시 시작할 수 있다며 하고 싶은 걸 다 해보라고 말했다. 처음 만난 날 내가 말한 대로(학원비를 모으기 위해 만나는 거라고 말했었다) 학원도 다니면서 하고 싶은 것도 하라고, 자기가 용돈을 줄 테니.

그 말들이 좋았다. 공부만이 답이라고 말하는 주변 어른들과의 대화와 다르게 속이 뻥 뚫리는 것 같았다. 그래서 나는 내 고민에 대해 이것저것 계속 떠들었다. 몸을 의자에 편히 기댄 채 손을 들어올렸다가 내리며 재잘재잘. 그 남자는 내 말을 끊지 않았고 같이 웃고 같이 화내며 열심히 맞장구를 쳤다. 처음 만났을 때와는 다르게 수다쟁이가 된 나를 그 남자는 귀여워했고 나는 쑥스러워하며 그 남자가 좋은 사람이라고 생각했다.

나는 그 남자에게 정말 20대가 맞는지 장난스럽게 물어보기도 했다. 그 남자는 자기 얼굴이 나이에 비해 들어 보이긴 하지만 정말 20대가 맞는다며 공터에 차를 세운 채 주민등록증을 꺼내 보여주었다. 자기 이름을 손가락으로 가린 채. 하지만 지갑에서 주민등록증을 꺼내는 순간, 그 남자의 이름 끝 자를 봤다. Z. 그 남자의 이름은 Z로 끝났다.

한참 수다를 떨고 약속한 시간이 거의 다 될 즈음, 차는 다시 처음 만났을 때 봤던 편의점 앞에 섰다. Z는 지난번처럼 바나나 우유를 마시겠냐고 물었고, 나는 좋다고 대답했다. Z가 차에서 내리고 나는 차 안에 기대어 앉아 Z가 돌아오길 기다렸다. 후련했다. 내 속마음을 털어놓고, 공감과 이해를 받고, 좋은 조언도 들어서. 오히려 돈을 받을 걸 생각하니 미안해졌다.

몇 분 뒤 Z는 처음 만났을 때처럼 바나나 우유와 다른 간식이 담긴 봉투를 들고 돌아왔다. 그런데 이번엔 지난번과 다르게 내게 한 가지 제안을 했다.

"그루양, 3만 원 너무 적지 않아요? 잠깐 애무만 하면 5만 원 받을 수 있는데 어때요?"

Z가 고개를 불쑥 내밀고 나를 빤히 쳐다봤다.

"네?"

"그루양, 학원비도 모아야 하는데 3만 원은 너무 적잖아요. 오빠랑 매일 만날 수 있는 것도 아니고. 빨리 학원 다니고 싶은 거 아니에요?"

빤히 쳐다보는 Z의 시선이 부담스러워 고개를 숙였다. 난감했다. 왠지 거절한다면 다음 만남은 없을 거 같았다. 그렇다고 고개를 끄덕이기엔 뭔가 찝찝했다. 그가 노래를 껐고, 정적이 흘렀다. 돈과 찝찝함. 아무리 생각해봐도 둘 중 하나를 고르라면 돈이었다. 찝찝한 건 씻으면 되지만 돈이 없으면 아무것도 못하니까. 애초에 돈 때문에 나온 거니까. 하지만 무서웠다. Z가 말하는 애무가 정확하게 뭔지 몰랐다. 얼마 전 헤어진 남자친구가 있긴 했지만 키스를 하고 가슴을 만지게 해준 거 말고는 다른 걸 해본 적이 없었다.

'가슴을 만지고 싶다는 걸까?'

나는 다시 기어들어가는 목소리로 뭘 하는 거냐고 물었다. Z는 그냥 나를 만지고 싶다 했다.

'그러니까 어딜, 어떻게?'

물어보고 싶은 말이 많았지만 입 밖으로 나오지 않았다. 뜸을 들이자 Z는 내가 원하지 않는 건 하지 않겠다고 덧붙였다. 다시 정적이 흘렀다. 그는 내 대답만 기다리고 있었다. 나는 "지금이요?"라고 다시 물었다. Z는 끄덕였고, 그렇게 해주면 오늘부터 5만 원을 주겠다고 대답했다. 나는 기어들어가는 목소리로 "키스 같은 건 별로"라고 말했다.

악취

Z가 공사장 쪽에 주차를 한 뒤 시동을 껐다. 옷 위로 내 몸 여기저기를 만져댔다. 내 쪽으로 몸을 숙여 내가 앉아 있는 의자를 힘껏 뒤로 밀고 힘겹게 내 앞으로 넘어왔다. 내가 생각했던 건 이게 아니었다. 그냥 가슴 정도를 만지게 해준 다음 끝나는 건 줄 알았다.

Z의 모습은 기괴했다. 그 큰 몸을 잔뜩 구부려 내 앞으로 건너와 이곳저곳을 더듬는 게 꼭 괴물 같았다.

나는 고개를 빈 운전석 쪽으로 돌린 채 눈을 꼭 감았다. Z가 앞에서 나를 감싸고, 의자가 뒤에서 나를 감싸고. 그 사이에 낀 채 이게 도대체 무슨 일인지, 왜 갑자기 일이 이렇게 된 건지 생각해보려 노력했다. 가만히 아무것도 아니야, 아무것도 아니야 하고 주문을 외웠다. 그러다가 움직이지 않으려고 숨소리를 들키지 않으려고 눈을 꼭 감고 이를 꽉 물며 애를 썼다. 단지 빨리, 빨리, 빨리 Z가 멈추기만을 빌었다. 불과 몇 분 만에 Z도, 나도 다른 사람이 되어갔다.

그러다 손이 아닌 낯선 느낌의 뭔가가 내 몸에 닿았고, 놀란 내가 눈을 뜨자 내 눈 가득 Z의 성기가 들어왔다. Z는 자신의 성기를 한 손으로 마구 주무르고 있었다. Z는 놀란 내게 처음 보냐며 낮게 헐떡였고 숨을 가쁘게 몰아쉬었다. 그러더니 곧바로 내 오른쪽 옆에 있는 수납 칸으로 손을 뻗어 휴지를 꺼내 내 앞에서 사정을 했다. 몸이 뻣뻣하게 굳었다. Z가 살짝 휘청거리며 내 위로 쓰러지려 하는데도 몸이 움직여지질 않았다. Z가 서둘러 중심을 잡고 운전석으로 쓰러지듯이 건너가고 나서야 뻐근해진 목을 천천히 조수석 창문으로 돌렸다. 머리가 물에 젖은 솜처럼 무겁게 목을 짓눌렀다. 창문 밖을 쳐다봤다. 괜찮아. 괜찮아. 괜찮아. 주문을 외웠다. 늦은 밤 까만 창문에 Z의 모습이 그대로 거울처럼 비쳤다.

Z는 후련해 보였다. 의자와 한 몸이 된 듯 등받이에 잔뜩 기댄 채 고개를 들어올리고는 가쁜 숨을 내쉬고 있었다.

뭔가 잘못되어가고 있었다. 고개를 숙이고 올라간 교복 치마 끝을 잡아당겨 내렸다. 흐트러진 블라우스를 정리했다. 왼편에 든 것 없이 쪼그라져 있는 가방을 꺼내 무릎 위에 올려놓았다. 그런데도 불편했다. 다시 시동이 켜지고 시끄러운 클럽 노래가 흘러나왔다. 야한 가사들이 쏟아졌다.

Z는 내게 괜찮은지 물었다. 나는 말없이 끄덕였다. 빨리 이곳을 벗어나고만 싶었다.

"자, 용돈이용."

Z가 내게 5만 원을 내밀었고 나는, "감사합니다"라며 중얼거리곤 그 돈을 받았다. 약속 장소에 내려준 Z에게 다시 꾸벅 인사를 하고 건네받은 바나나 우유와 봉투를 쥐고 서둘러 차에서 내렸다.

날씨가 찼다. 몸이 떨리고 죄책감이 들었다. 목 끝에서 울컥울컥 파도가 치는 거 같았다. '괜찮아, 괜찮아, 괜찮아' 계속 주문을 외웠다. 정류장에 앉아 버스 몇 대를 보낸 뒤 올라탔고 창가에 앉아 멍하니 밖을 바라봤다.

15

열두 살 여름 성추행을 당한 적이 있다.

평소 나는 엄마와 아빠가 다투고 있는 집에 가기 싫어 친구네 집에서 놀다가 저녁 무렵이 돼서야 들어가곤 했는데, 그날도 그랬다. 학교를 마치고 친구네 집에서 놀다가 저녁 시간 전에 집으로 향했다. 오후 4~5시 정도였지만 여름이라 하늘은 어둠 한 점 없이 밝기만 했다. 나는 주위에 누가 있나 한번 살펴본 뒤 유행가를 부르며 집을 향해 걷고 있었다. 평일 저녁 시간 전이라 거리는 한산했고 내 목소리와 발자국 소리만 들렸다. 흥얼거리며 노래 두 곡을 불렀을 즈음 뒤에서 다른 사람의 발자국 소리가 들렸다. 인기척에 놀라 돌아보니 내 뒤, 조금 떨어진 곳에 우리 동네 중학교 하복을 입고 있는 한 남자 중학생이 서 있었다.

그 중학생은 놀란 나를 보고 덩달아 놀랐는지 당황한 얼굴을 하고서 나와 똑같이 걸음을 멈췄고, 나는 내가 노래하는 걸 들었을 거란 생각에 부끄러워 다시 고개를 바로 하고 걸음을 재촉했다. 부끄러움에 얼굴이 달아올랐고 빨리 집에 가고 싶었다. 하지만 그 중학생도 나와 똑같이 걸음을 재촉하며 내 뒤를 쫓았다. 연신 나와 속도를 맞춰 걸었다. 내가 멈추면 뒤따라오는 발소리도 멈췄고, 내가 다시 걷기 시작하면 그 발소리도 다시 들렸다.

이상한 낌새에 나는 다시 걸음을 멈추고 뒤를 돌아봤다. 그 중학생은 시트콤의 한 장면처럼 울리지도 않는 휴대전화를 급히 꺼내들었고 "어, 여보세요?"라고 말했다. 초등학생인 내가 봐도 부자연스러웠다. 나는 다시 고개를 바로 한 채 경비 아저씨가 계시는 곳으로 서둘러 걸었다. 뛰어갈까 싶었지만 나를 잡기 위해 같이 뛸 중학생을 상상하니 다리가 떨려 차마 뛸 수 없었다. 그 중학생은 "여보세요?"라는 말만 해놓고선 통화하는 척은 글렀다고 생각했는지 내 뒤를 바짝 쫓았다.

왜 나를 쫓아오는 건지 아무리 머리를 쥐어짜도 이유를 알 수 없었다. 그냥 친구들과 장난치느라 나를 한 대 쥐어박고 도망이라도 가려나 싶었다. 마침내 나는 경비실 앞에 다다랐다. 경비 아저씨가 계시나 확인하려고 안을 들여다봤다. 그렇게 멈춰서자마자 바로 커다란 손이 날아와 내 입을 꽈악 틀어막았다. 경비실 창문엔 "순찰 중"이라고 적혀 있었다.

그 중학생은 한 손으로 내 입을 막고는 양팔을 이용해 바짝 나를 끌어안았다. 그다음 나머지 한 손으로 내 가슴을 마구 주물렀고(아니 쥐어짰고), 반바지 안으로 손을 넣어 마구 만졌다(아니, 쑤셨다).

얼굴이 아팠고, 양어깨가 아팠고, 가슴이 아팠고, 아래가 아팠다.

'왜 이래.'

소리를 지를 수도 없었고, 몸을 움직일 수도 없었다. 그 중학생이 내게 왜 이러는 건지 이해도 안 됐다. 학교에서 몇몇 남자애가 성장이 빠른 여자애들의 가슴을 빤히 쳐다보고, 일부러 어깨로 살짝 가슴을 치고 지나가는 걸 보긴 했지만, 그런 남자애들을 '변태'라고 부르며 여자애들끼리 기분 나빠하긴 했지만, 남자들이 도대체 왜 그런 행동을 하는지는 아무도 몰랐다.

'변태 새끼.'

그 중학생은 그렇게 나를 이곳저곳 다 주무르고 나서야 나를 세게, 앞으로 '꽉' 밀쳤다. 그리고 뒤돌아 도망쳤다. 겅중겅중. 다리를 크게 벌리면서, 고개를 돌려 계속 나를 쳐다보면서.

나도 가만히 뒤돌아서서 그 중학생의 얼굴을 빤히 쳐다봤다. 까치머리에 날카로운 얼굴, 왜소한 몸, 뭐 하나 특징을 잡기 어려울 정도로 흔한 얼굴이었다. 딱 하나 특징이 있다면 우리 동네 중학교 하복을 입고 있다는 것뿐.

나는 멈춰선 채로 그 중학생이 눈에 보이지 않을 때까지 계속 쳐다봤다. 그 중학생도 내가 눈에 보이지 않을 때까지 고개를 돌린 채 계속 나를 봤다. 살짝 벌어진 입으로 나를 확인했다. 그 중학생이 길 모퉁이로 사라지고 나서야 나는 그곳을 잔뜩 흘겨본 뒤 다시 아무렇지 않게 집을 향해 걸었다. 얼굴이 뻐근했고 가슴이 아팠다. 걸을 때마다 아래가 멍이 든 것처럼 욱신욱신거렸다. 그런데도 '납치 안 돼서 다행이다. 그냥 변태였네'라는 생각만 했다.

집에 들어오자마자 신발을 벗으며 나는 아무렇지 않게 방금 있었던 일을 말했다.

"엄마, 집에 오는 길에 어떤 중학생 오빠가 나를 막 끌어안더니 만지고 도망갔다?"

현관문을 열어주고 다시 주방으로 돌아가던 엄마가 내 말에 뒤돌아 나를 쳐다봤다.

"뭐라고? 어디를?"

그 당시, 그러니까 생계가 불안해질 때부터 우리 엄마는 내 말을 들어주지 않았었다. 학교가 끝나고 집에 돌아온 내가 재잘거려도 귀찮다는 듯 밀어냈다. 그런데 그런 엄마가 내 말에 뒤를 돌아 나를 쳐다보다니. 순간 나는 멈칫했고, 엄마가 항상 내게 여자의 몸에서 아래가 가장 중요하니 속옷도 팬티부터 입어서 보호해야 한다고 누누이 말해준 게 떠올라 "허벅지!"라고 서둘러 대답했다. 혼이 날까봐.

"허벅지? 어떻게?"

어느새 엄마는 내 앞에 서 있었고 나는 한 손으로 내 허벅지를 마구 주물러댔다.

"그냥 이렇게 만지고 도망갔어. 변태인가봐."

그러고 나서 혹시라도 거짓말을 들켰을까봐 긴장한 채 엄마의 표정을 살폈다.

어렸을 때부터 나는 유난스러웠다. 뛰어놀다 넘어져 무릎에 상처가 나고, 딱지가 생기기도 전에 또 넘어져 피를 흘리며 집에 들어오는 날이 허다했다. 엄마는 그때도 잔소리를 늘어놓곤 했다. 흉이 있어 시집가긴 글렀다며, 여자애가 대체 왜 이렇게 극성맞은지 모르겠다며 구시렁구시렁.

그런데 그날은 조용했다. 그 침묵이 낯설어 내 거짓말이 들통났을까봐 불안해하며 엄마를 지나쳐 바로 화장실로 들어가 손을 씻고 나왔다.

다행히 엄마는 그런 내 생각을 읽었던 것 같다. 그러게 왜 학교 끝나고 바로 집에 오지 않았냐는 둥, 바지가 너무 짧다는 둥 잔소리를 늘어놓았다. 나는 아직도 해가 쨍쨍한데 뭐가 문제냐는 둥, 여름이라 반바지를 입은 건데 왜 그러냐는 둥 투덜거리면서도 안심했다. 엄마는 빨리 바지를 벗어놓고 샤워를 하라고 말했고 나는 저녁을 먹고 난 뒤 씻고 싶은데 귀찮게 한다며 못 이기는 척 샤워를 하러 화장실로 들어갔다.

벗어놓은 바지는 그날 이후로 다시는 볼 수 없었다.

그날 밤 엄마는 자기 전 내 방으로 들어와 나를 바닥에 앉혀놓고 다른 일은 없었는지 재차 물었다. 나는 웃으면서 아까 말한 대로 그게 다라고 대답했다. 엄마는 다행이라고 말했고 내 말을 믿는 듯했다. 그리고 사뭇 진지해진 표정을 하고선 앞으로는 항상 남자들을 조심해야 한다고 당부했다. 낯선 남자도, 아는 남자도 모두. 나는 어떻게 그럴 수 있냐며 웃었다. 엄마는 내 팔을 살짝 잡아당기며 그 중학생이 나에게 그렇게 할 줄 알았냐고 물었다. 나쁜 사람들 얼굴에 '나, 나쁜 사람입니다'라고 적혀 있지 않은 거니까, 사람들 머릿속은 보이지 않고 알 수 없는 거니까, 나를 지키려면 어쩔 수 없는 거라고 했다. 나는 알았다며 고개를 끄덕였다.

"오늘 일은 엄마랑 너 둘만의 비밀인 거야. 알았지? 절대 아무한테도 얘기하면 안 돼. 아빠랑 동생한테도."

엄마가 새끼손가락을 내밀었고 나도 새끼손가락을 내밀어 걸었다. 엄마의 손이 다정하게 내 머리카락을 귀 뒤로 넘겨줬다.

철없던 나는 엄마와의 약속을 어기고 이튿날 학교에 가 친한 친구들을 모아놓고 그 일에 대해 이야기했다. 여전히 그 일을 왜 비밀로 해야 되는지에 대해선 무지했다.

놀랍게도 내가 이야기를 꺼내자 놀이터에서, 엘리베이터에서 비슷한 일을 겪었다는 친구들이 하나둘 나왔다. 친구들 모두 비밀로 했을 뿐 자기가 겪은 일을 또렷하게 기억하고 있었다.

"나는 옛날에 놀이터에서 그네 타고 있었는데 어떤 남자가 와서 만지고 갔어."

"나는 엘리베이터 안에서 그랬는데."

그날 학교 마치고 나서 우리는 그 남자들을 잡아야 한다며 동네 이곳저곳을 우르르 몰려다녔다. 문방구에서 호루라기를 사 목에 걸고 커터 칼과 운동장에서 주운 돌을 주머니에 넣고 다니면서 며칠을 그러고 다녔다. "우리 같은 애들이 또 생겨서는 안 돼"라고 하면서.

아무튼 엄마는 한동안 구성애 선생님의 『네 잘못이 아니야』라는 책을 읽으며 내게 잘해주었지만, 나는 친구들에게 털어놓으면서 '나한테만 일어난 일이 아니라 그냥 여자애들한테 일어나는 흔한 일이구나'라고 생각하며 딱히 트라우마로 남지 않게 되었다.

열세 살 때도 비슷한 일이 있었다. 이때는 같은 학원에 다니던 남자애가 그랬다. 뜬금없이 학원을 마치고 집까지 데려다주겠다고 하더니 굳이 우리 아파트 1층 엘리베이터 앞까지 따라와서는, 갑자기 키스를 해보자며 달려들었다. 내가 당황하며 싫다고 말하는데도 벽에 밀치고 내 손목을 강제로 잡아 비틀며 가만히 있어보라고 했다. 웃으면서.

나는 계속 하지 말라고 말하면서 잡힌 손목을 뿌리치고 그 남자애 뺨을 때렸다. 하지만 그 남자애는 웃었다. 내가 때렸으니 자기는 계속 해도 된다고 생각한 듯했다. 내 손목을 더 세게 잡아 비틀어 올린 뒤 나머지 한쪽 손목도 잡아올렸고 내게 얼굴을 내밀었다. 미친놈 같았다. 나는 그 남자애의 성기 부분을 무릎으로 치려 했고, 그것도 안 되자 소리를 질러댔다.

이번엔 다행히 경비 아저씨가 계셨다. 바로 달려오셔서 그 남자애를 쫓아내셨고, 나에게 저 남자애가 무슨 짓을 했는지, 괜찮은지 물어봐주셨다. 나는 빨갛게 부은 손목을 잡으며 괜찮다고 말했고 엘리베이터를 탄 뒤 무사히 집으로 돌아왔다.

그 일은 아무에게도 발설하지 않았다. 그 당시 나는 원피스를, 치마와 반바지를 끔찍이 싫어해 남자아이처럼 하고 다녔다. 옷도, 말투도, 행동도. 남자애처럼 하고 다녔기에, 왜소했기에, 누군가가 내게 강제로 키스를 하려 했다고 말하면 아무도 믿어주지 않을 거 같아서, 얘깃거리가 되는 게 싫어서, 그냥 재미있는 친구로 계속 남고 싶어서 그랬다.

나는 그 일도 그렇게 가볍게 넘겼다. 그 남자애는 나를 보며 가끔씩 이상한 미소를 지으며 비웃긴 했지만.

초등학생 때 일어난 두 가지 일 모두 기분이 나쁘고 꺼림칙했지만, 그게 다였다. 나는 아무렇지 않았다. 그 일 이후로도 학교나 학원에서 장난을 치며, 웃고 다녔다.

Z와의 일도 똑같다고 생각했다. 물론 초등학생 때 겪은 일들과 비교할 수 없을 정도로 충격적이고 잠을 뒤척였지만, 그 일이 내게 아무런 영향도 줄 수 없을 거라고 생각했다. 그 전에도 그런 일들이 있었지만 지금까지 아무렇지 않게 잘 살아왔으니까.

Z를 만난 이튿날에도 나는 학교에 잘 갔고 잘 웃었다. 친구들과 매점에서 이것저것 사 먹으며 장난을 치고 재잘거렸다. 기말고사가 끝나고 연말이 되면 같이 놀자고 친구들과 약속을 잡았다.

이전의 내가 없어졌는데도 돈 있는 삶이 더 좋았다.

⇨ **17** ⇦

며칠 뒤 다시 만난 Z는 약속 장소에 스포츠카를 타고 나타났다. 낯선 차에 내가 뒷걸음질을 치자 Z가 조수석 창문을 열고 내 이름을 불렀다.

악취

"그루양, 타요!"

Z는 친구와 잠깐 차를 바꾼 거라고 말했다. 친구가 자기 차를 필요로 해서 빌려줬다나. 그러면서 오늘은 자기 차가 아니니 본인의 집으로 가서 데이트를 하자고 말했다. 그리고 내 의사와 상관없이 이미 차는 출발해 있었다. 나는 집이 어디인지, 혼자 사는지, 아무도 없는 건지 서둘러 이것저것 물었다. 머릿속에 어두운 벽으로 된 아무도 없는 차가운 집 안에 Z와 단둘이 있는 모습이 그려졌다.

Z는 부모님과 아파트에 사는데 두 분이 여행 중이라 집에 아무도 없다고 말했다. 가만히 창밖을 바라봤다. 힘이 빠지면서 될 대로 돼라 싶었다.

'그때처럼 몇 분만 버티면 돼. 섹스만 아니면 되잖아. 오히려 좁은 차 안보다 나을 수 있어.'

아파트 정문 앞 슈퍼에 멈춰선 Z는 내게 맥주를 마실 수 있는지 물었고 나는 고개를 끄덕였다. Z는 눈이 동그래져서 술을 마셔봤냐고 물었고, 의외라면서 좋아했다.

나는 술을 싫어했었다. 어렸을 땐 술 취한 아빠가 그렇지 않은 아빠보다 재미있고 다정해서 '술 취한 아빠'를 좋아하긴 했지만, '술' 자체를 좋아한 건 아니었다. 매일같이 술을 마시는 아빠의 건강도 걱정됐고 술을 싫어하는 엄마가 그런 아빠와 싸우는 것도 싫었다. 가끔 엄마와 나와 동생이 술에 취한 아빠를 피해 구석에 웅크리고 있어야 했을 땐 술을 증오하기도 했다.

하지만 어느 순간부터 나도 술을 좋아하게 됐다. 친구들과 호기심 삼아 먹어본 쌉쌀한 맛에, 알딸딸한 기운에, 발개진 친구들의 얼굴에, 친구들의 주정에, 내 술주정에, 다 같이 깔깔거리며 웃는 그 웃음소리에 재미나서. 어쩌면 엄마 말대로 역시 그 아빠에 그 딸년이라서.

시험이 끝나는 날엔 친구들과 술을 구해 마시곤 했다. 술을 잔뜩 마셔 취하면 아빠가 술 마시는 이유를 알 것도 같았고 반대로 이해가 되지 않기도 했다. 취했을 때의 몽롱함, 기분 좋은 그 잠깐의 순간을 빼고는 전부 엉망진창이었으니까. 하지만 나 역시 그 순간을 위해 술을 마셨다.

Z와 술을 마신다 한들 나쁠 게 없다고 생각했다. 오히려 술기운이 있으면 감각이 무뎌질 거고, 시간도 더 빨리 지나갈 거라고 생각했다.

그렇게 바나나 우유 대신 그를 만날 때면 맥주를 마시기 시작했다.

⇨ **18** ⇦

Z의 집은 생각했던 것보다 훨씬 더 평범했다. 어둡고 차가울 거라 예상했는데 밝고 따뜻해 보였다. 현관 옆 거실엔 커다란 가족사진이 걸려 있었다.

악취

잠시 거실에서 기다리라는 Z의 말에 나는 딱히 할 게 없어 가족사진 앞에 선 채로 사진 속 사람들을 한 명 한 명 바라봤다. 모두 미소를 짓고 있었고 사진 속의 Z도 웃고 있었다. 장식장에도 가족들 사진이 한가득 놓여 있었다. 화목해 보였다. 부모님 두 분이서 여행을 가셨다는 것도 그렇고. 그런데도 왜 미성년자인 나와 이런 짓을 하는 건지 궁금했지만.

순간, '혹시 모르니 가족사진을 찍어놔야 할까'라는 생각이 들었다. 경찰에 신고할 일이 생긴다면 쉽게 잡을 수 있게. 그래서 휴대전화를 조심히 꺼내들고 어떻게 해야 소리나지 않게 사진을 찍을 수 있을까 고민했다. 전화를 두 손으로 꽉 감싼 채 가슴에 갖다 댔다. 이래도 소리가 나서 걸리면 어떻게 하나 싶어 땀이 났다. 그러다 Z가 어디에 있나 둘러봤고 안방에서 나오는 Z와 눈이 마주쳤다.

"자, 자, 이제 갑시당."

Z는 가족사진 앞에 서 있는 내 어깨에 손을 올린 채 나를 안방으로 이끌었다. 거실을 지나치며 보이는 주방, 식탁 위에 깔려 있는 식탁보와 받침대, 가스레인지 위에 놓인 냄비. 나는 안방 문턱에 멈춰서 Z를 올려다봤고 Z는 아무렇지 않은 듯 나를 안방으로 성큼 이끌었다.

침대 위에는 맥주가 있었다. Z가 캔을 따 내게 내밀었고 나는 침대 머리맡에 기대앉아 맥주를 받아 마셨다. 이런저런 이야기를 나눴고 긴장이 풀렸다. 이렇게 데이트만 하면 정말 좋을 텐데, 라는 생각이 들었다.

시간이 흐른 뒤 Z가 지난번 만남과 똑같이 내 몸을 더듬기 시작했다. 모르겠다. 맥주 한 캔 마셨다고 용기 내서 "그냥 데이트만 하면 안 돼요?"라고 기어들어가는 목소리로 분명 물어봤던 것 같은데, 무슨 대답을 들었는지. 정확하진 않지만 "그루양, 남자친구랑 데이트만 해요? 어떻게 매일 데이트만 해요? 그러면 못 만나죠"라는 대답을 들은 것도 같고, "그러면 그루양 안 만나고 다른 친구 만나죠"라는 대답을 들은 것도 같다. 아니면 그 둘 다일 수도. 뭐가 됐든 Z는 멈추지 않았고 나는 어쩔 수 없이 눈을 감은 채 고개를 돌리고 다른 생각을 하려고 애썼다. 하지만 나를 더듬는 Z의 손이 계속 나를 끄집어내 현실로 다시 데리고 왔다. Z는 내게 흥분되지 않냐며 그냥 섹스를 하면 안 되는지 물었다. 기분 좋을 거라고. 눈을 떠보니 그는 어느새 내 다리 밑으로 와 있었다. 하던 일을 멈추고 빤히 쳐다보며 내 대답을 기다렸다. 다시 한참 동안 정적이 흘렀다. 매번 마주하게 되는 그 정적이 너무나 싫었다. 아무것도 없는 까만 공간에 갇힌 것 같았다.

웃기게도 나는 그 정적을 "첫 경험은 정말 좋아하는 사람이랑 하고 싶어요"라고 말하면서 깼다. 그 말과 동시에 울음을 터뜨렸다. 왠지 그렇게 말한 내가 이상한 거 같아서, 이기적인 거 같아서, 이미 틀렸다는 걸 알아서, 그런데도 억울해서, 내가 미친 거 같아서 눈물이 계속 났다.

"그루양, 남자친구 있었다면서요. 진짜 안 해본 거예요?"

Z는 당황했고 내가 정말 경험이 없는지 재차 확인했다. 그리고 내가 엉엉 울자 말없이 내 손목을 잡아당겨 앉힌 뒤 안아 달래기 시작했다. 자기를 그냥 남자친구로 생각하라 했고, 자기도 앞으로는 다른 친구들을 만나지 않겠다고 말했다. 자기가 이렇게 나에게 맞춰주는 걸 보니, 어쩌면 자기가 진짜로 나를 좋아하는 걸지도 모르겠다고 덧붙였다.

나는 그 말도 안 되는 얘기에 죄책감을 덜어냈고, 안심했다. 마음만 먹으면 강제로 할 수 있을 텐데, 더한 일도 할 수 있을 텐데, 그렇게 하지 않은 것만 해도 다행이라고 생각하면서 그 말을 믿었다.

멍청한 나는 Z의 말대로 그냥 그를 남자친구로 여기면 어떨까 생각했다. 돈을 포기할 생각은 하지도 않았다.

⇨ **19** ⇦

그렇게 Z를 만난 지 한 달 정도 됐을까. 계절은 늦가을을 지나 겨울이 되어 있었고, 나는 마음 편히 돈 쓰는 것에 익숙해져 있었다. 학원비를 위해 일부를 꼬박꼬박 통장에 저금하긴 했지만, 대부분은 나에게 돈을 쓴 친구가 많다는 이유로, 기말고사가 끝나고 연말이라는 이유로, 이번 달만 지나면 이제 고3 수험생이라는 이유로 친구들과 노는 데 사용했다. 그동안 얻어먹은 게 미안하다며 친한 친구들과 식당에 가 밥을 사기도 했고, 어떻게 매번 보충 교재를 사냐며 거짓말하는 게 아니냐는 엄마와 싸울 필요 없이 겨울 보충 시간에 쓸 교재들도 그 돈으로 샀다.

그래도 엄마에게 들킬까 싶어 종종 용돈을 달라고 말하긴 했다. 하지만 예전처럼 언성을 높이며 싸우지는 않았고, 포기했다는 듯이 그냥 방문을 닫고 방 안으로 들어갔다.

아빠 말대로 돈이 생기니 예전보다 행복해진 것 같았다. 친구관계는 더 넓어지고 깊어졌으며, 엄마와 돈 때문에 다투는 일도 적어졌고, 무엇보다 할 수 있는 게 많아져 자유로웠다.

다시 만난 Z는 내게 잘해줬다. 내게 안부를 묻고, 내 이야기를 들으며 반응해준 게 다였지만. Z는 다가오는 크리스마스에 약속이 있는지 물었고, 없으면 자기와 만나달라고 했다. 원래 만나기로 한 친구한테 남자친구가 생겨 약속이 취소됐다면서. (그래. 자기를 남자친구로 생각하라는 말은 진짜였겠지만, 다른 친구들을 만나지 않겠다는 말과 진짜로 나를 좋아하는 거 같다고 한 말은 거짓이었다.)

싫었다. 그 좋은 날 왜? 그날만은 피하고 싶었다. 어떻게 잘 거절할까 고민하고 있는데 대뜸 Z가 그날은 크리스마스니까 10만 원을 주겠다고 했다. 나는 약속이 생길 수 있으니 상황을 봐야 한다고 답했다. Z는 크리스마스이브까지 연락을 달라면서 크리스마스 선물로 손이 찬 나를 위해 장갑을 준비해놓겠다고 말했다. 그리고 그 짓을 하기 시작했다. 점점 대담해졌지만 나는 여전히 섹스만 아니면 된다고, 씻어내면 된다고 생각하며 가만히 있었다. 눈을 감고서 이렇게 몇 분만 버티면 내게 5만 원이 쥐어지니까 괜찮다고, 나쁘지 않다고 되새기면서 빈손을 꽉 쥐어짰다. 그게 습관이 되어버릴 줄 몰랐다.

차에서 내리자 12월 겨울 밤하늘이 지난번보다 더 깜깜해져 있었고 날도 더 차가워져 있었다. 숨을 크게 들이마시고 내쉬자 하얀 입김이 길게 공중 위로 흩어졌고 바로 흔적도 없이 사라졌다. 죄책감이 들었지만 '남에게 피해를 주는 것도 아닌데 왜?'라고 생각하며 무시했다. 나는 장갑도 필요했고 돈도 필요했다.

▷ **20** ◁

크리스마스 당일 오랜만에 푹 자고 점심때쯤 비적비적 침대에서 나와 베란다 앞에 서자 앙상한 나무들이 눈에 들어왔다. 거실로 나가 일기예보를 확인하니 늦은 밤부터 눈이 내릴 예정이라고 했다. 아쉬웠다. 왜 다들 화이트 크리스마스를 기대하는 걸까. 좋은 일이 있든 없든.

오늘 만나는 게 맞는지 확인하는 Z의 문자에 나는 '네, 맞아요'라고 답장했다. 연말에 친구들과의 약속을 잔뜩 잡아놨기에 돈이 필요했다. 그래, 더 많은 돈이 필요했다.

Z를 만나기 전까지는 평범한 하루를 보냈다. 데이트를 한다는 친구를 잠깐 만나 옷차림을 봐줬고, 크리스마스라고 가족끼리 치킨을 시켜 먹었다. 나와 엄마는 거실에서, 아빠는 부엌에서, 동생은 자기 방에서 먹긴 했지만 온 가족이 집에서 같은 음식을 같은 시

간에 먹는다는 것만으로도 행복했다. 배달이 늦게 오기도 했지만, 그 시간이 좋아서 Z와의 약속은 한 시간 미뤘다.

미룬 약속 시간이 다 되어가 나는 서둘러 양치를 한 뒤 방으로 들어갔다. 교복 위에 새로 산 맨투맨 티셔츠를 입고 검정 바람막이를 걸쳤다. 연필꽂이에 꽂혀 있는 커터 칼을 주머니에 넣었다.

고작 그 커터 칼 하나로는 나를 지킬 수 없다는 걸 알았지만, 그래도 나는 매번 주머니에 그걸 넣고 Z를 만나러 가곤 했다. 그러면 그냥 조금이라도 안심이 됐다.

바람막이를 걸친 채 집을 나서는 내게 엄마는 추운데 어디를 나가냐며 한마디 했고, 아빠는 모처럼 가족들 다 있는데 내가 분위기를 깬다며 한마디 했다. 잠깐 친구를 만나고 오겠다는 내 말에 아빠는 엄마에게 내가 요새 맨날 늦게 들어온다며 용돈을 주는 게 아니냐고 물었다. 줄 돈이 어디 있냐는 엄마에게 아빠는 버릇 잘못 든다며 절대 돈을 주지 말라고 말했다.

"지랄."

나도 모르게 욕이 나왔다. 그리고 화를 내며 자리에서 일어나는 아빠를 무시한 채 현관문을 연 뒤, 이어폰을 꽂고, 노래를 틀고, 혹시라도 붙잡힐까 싶어 계단으로 후다닥 내려갔다.

날씨는 정말 추웠고 겨울 밤하늘은 온통 깜깜했다. 버스 정류장으로 가 배차 시간을 확인했다. 휴일이라 간격이 길었고 방금 지나갔는지 다음 차는 까마득했다. 이미 약속 시간에 늦었기에 결국 택시를 잡아 탔다. Z와 매번 만나는 약속 장소인 공사장으로 향했다. 택시비가 아까웠지만 그래도 오늘은 10만 원을 버는 날이니까 괜찮다고 합리화했다.

"메리 크리스마스."

차에 올라타자 Z가 활짝 웃으며 나를 반겼다. Z는 오늘 같이 영화를 보자고 말했다. 어떻게 영화를 보냐는 내 물음에 차 안에 있는 모니터를 보여줬다. 운전석과 조수석 사이에 모니터가 있었다.

'영화라면 최소 한 시간은 넘을 텐데. 아, 그래서 10만 원을 주겠다고 한 건가?'

신경 쓰였지만 내 쪽에서 약속 시간을 미뤘고, 게다가 또 늦었기에 잠자코 있었다. 어차피 집에 일찍 들어가기도 싫었다. 애초에 싫다고 말할 배짱도 없었지만.

Z는 나와 데이트할 좋은 장소를 발견했다며 서둘러 운전을 시작했다. 저녁을 먹을 때까진 괜찮았는데 집에서 나오고부터는 괜히 짜증이 났다. 친구들은 남자친구나 가족들과 행복하게 보낼 시간에 나는 이러고 있다니. 내가 선택한 건데도 불공평하게 느껴졌다.

차는 울퉁불퉁 포장도 안 된 도로로 들어갔고 강이 보이는 어느 공원 다리 밑에 멈춰 섰다. 크리스마스 밤, 산책로에는 단 한 명의 사람이나 단 한 대의 차도 보이지 않았다. 차 뒤쪽엔 낡은 간이 화장실 한 칸과 수북이 쌓여 있는 쓰레기봉투들이 있었다. Z는 경치가 좋지 않냐며 뿌듯해했다. 나와 데이트할 장소를 찾다가 어렵게 발견한 곳이라고 했다. 나는 어색하게 웃었다.

"자, 이제 뒤로 갑시당. 아, 잠깐만 기다려봐요."

Z는 서둘러 차에서 내리더니 앞으로 성큼성큼 걸어갔다. 차의 노란 헤드라이트가 Z를 환하게 비췄고 Z는 손바닥으로 그 빛을 가리며 잔뜩 인상을 썼다. 그 모습이 선명하게 머릿속에 박혔다. Z는 내가 앉아 있는 조수석 쪽으로 와 다시 활짝 웃으며 문을 열고 "매너요"라고 말했다. 내가 발을 땅에 딛고 내리자 바로 뒷좌석 문을 열었고 "타세용" 하고 말했다. 아주 잠깐 같이 마주보고 섰을 뿐인데 방금 전 잔뜩 인상을 쓰고 있던 Z의 얼굴과 큰 덩치에 위압감이 들었다. Z는 내가 뒷좌석에 올라타자 조수석 의자를 최대한 앞으로 쭉 당겼다. 문을 닫고는 내 옆자리에 타더니 모니터를 켜기 위해 내 쪽으로 몸을 기울였다. 나는 잠시라도 Z와 몸이 닿는 걸 피하려고 최대한 반대쪽 창문으로 몸을 기울였다. 시선은 창밖으로 돌린 채.

그런데 창문이 있어야 할 곳에 검정 천이 있었다. 그 천이 창문을 덮고 있어 밖은 보이지 않았다. 내가 천을 만지작거리며 이게 뭐냐고 묻자 Z는 차에서 가끔 낮잠을 자는데 햇빛 때문에 방해가 돼 구매한 커튼이라고 말했다.

영화 한 편이 끝날 때까지 같이 있어야 하는 건가 걱정됐는데, 다행히 영화는 두 편으로 나뉘어 있었다. 장르는 애니메이션이었다. 예상치 못한 귀여운 애니메이션에 내가 웃자 Z는 내가 아직도 자기를 어려워하는 것 같아 이 영화를 선택했다고 했다. 마음에 드냐며 나를 빤히 쳐다봤다. 나는 애써 고개를 끄덕였다. Z가 웃었다. 그리고 슬며시 손을 뻗어 내 허리를 감싸더니 자기 몸에 딱 붙였다. 심장이 마구 뛰었다. 나를 더듬는 것보다 이상하게 더 불편했다. 가슴 한가운데가 울렁거렸다. 모니터 속의 캐릭터들이 우스운 행동을 할 때마다 Z는 나를 쳐다보며 웃었고 나는 우습지 않은 데도 억지로 웃었다.

귀엽다고만 생각했던 캐릭터들이 기괴해 보였다.

나는 뻣뻣하게 굳은 채로 화면에만 집중하려고 애썼다. 그런데도 눈에서 계속 화면이 흩어졌다. 캐릭터 하나가 도망을 치기 시작했고 나는 그 캐릭터를 계속 놓쳤다.

2
장

악몽

†

나는 스스로 만들어낸

악몽에

고문당하고 있어요.

_파울로 코엘료의 『스파이』 중에서

그날, 내 머릿속 생각과 감정은 또렷이 기억나는데 이상하게도 그때 그 상황은 뿌연 안개가 덮인 것처럼 희미하다. 귀가 먹먹했고 눈을 감았다 떠도 앞이 보이질 않았다. 마치 꺼져버린 TV 속에 갇힌 듯 내 머릿속 말고는 모든 게 다 정지된 것만 같았다.

'꿈을 꾸고 있었나?'

멍한 상태로 까만 어둠 속에서 눈만 끔뻑거리고 누워 있었다. 그러다 낯선 욱신거림에 눈을 질끈 감고 나서야 현실인 걸 알게 되었다. 이게 무슨 상황인지 생각하다보니 방금 전까지만 해도 Z와 나란히 앉아 영화를 봤던 게 떠올랐다. 그때 아래가 다시 욱신거렸다.

그리고 정말 뜬금없이 돌아가신 외할머니가 떠올랐다. 계집애는 쓸모없다며 매번 나를 무시하는 친할머니와 다르게 외할머니는 애교 많은 내가 제일이라며 손주들 중 나를 가장 예뻐해주셨다. 외할머니네 집에 가면 나는 항상 그 품에 안겨 잠을 잤고 생일날 하루는 외할머니네 집에 가고 싶다고 얘기해 그곳에서 지내기도 했다. 내게 상처를 주지 않은 유일한 어른이었다. 근데 그러고 있는 내게 외할머니가 크게 실망하시는 모습이 뭉실뭉실 두 눈 가득 떠올랐다. 무교인 내가, 종교를 믿는 사람들이 신을 봤다고 말하는 게 진짜일 수도 있겠다는 생각이 들 정도로 정말 생생하게. 외할머니는 무섭게 화를 내고 계셨다.

"죄송해요."

눈이 달아올랐고 앞이 뿌옇게 흐려졌다. 죄송하다고 말하면서 계속 빌고 빌었다. 모르겠다. 정말 미친 걸 수도 있겠다. 하지만 너무 생생했다. 그리고 내 중얼거림에 Z가 "그루양, 어때요? 좋아요?"라고 물었다.

그 소리에 놀라 고개를 들자 눈앞에 큰 몸을 잔뜩 웅크린 채 자신의 성기를 쥐고 땀을 흘리며 쩔쩔매고 있는 Z가 보였다. 숨이 쉬어지지 않아 숨을 쉬려고 헐떡였다. 악몽이라고 생각하면서 다시 누워 진정하려고 애썼다.

Z는 하던 행동을 멈추고선 서둘러 바지를 챙겨 입더니 나를 일으켜 세웠다.

"그루양, 아팠어요? 미안해요. 오빠가 미안해요. 안 할게요. 울지 마요."

악취

숨이 막혔다. 이게 무슨 일인지, 도대체 무슨 일인지 이해가 안 됐다. Z는 그런 나를 무릎 위에 앉히고서 등을 토닥였다. 자기를 따라 심호흡을 하라며 숨을 들이쉬고 내쉬었다. 그 와중에 숨은 쉬고 싶었는지 Z를 따라 심호흡을 했다. 몸이 덜덜덜 떨렸다. Z는 춥냐며 나를 더욱 꼭 껴안았다. 뒷좌석 위에 있는 담요를 꺼내 내게 둘렀다.

'뭐지? 왜 이렇게 된 거지? 왜 몰랐지? 왜 아무 말도 못한 거지? 아니, 했나? 난 영화만 보고 있었는데? 어떻게 된 거지? 왜 내가 누워 있었지? Z가 눕혔나? 그런데 왜, 왜 이렇게 된 거지? 왜 기억이 안 나지? 눕고 나는 뭐 했지? 가만히 있었나? 그래서 Z가 한 건가? 왜 기억에 없지? 아무 말도 안 했나? 했나? 아니 안 했겠지. 싫다고 한 적도 없으면서. 그런데 왜 싫다고 안 했지? 왜 계속 가만히 있기만 했지? 왜? 도대체 왜? 뭐지? 나는 왜 그랬지? 왜 여기에 있게 됐지? 왜 이런 일이 벌어진 거지? 그런데 한 건가? 이제 나는 처녀가 아닌 건가? 처녀막은? 이제 더러워진 건가? 앞으로 연애는 할 수 있을까? 결혼은 할 수 있을까? 사랑은 할 수 있을까? 아니 받을 순 있을까? 없겠지? 이제 나는 걸레인 건가? 창녀인 건가? 이제 어떻게 살아야 하는 거지?'

머릿속에 수많은 물음표가 겹겹이 쌓여갔다. 까만 머릿속에 더 짙은 까만 물음표들이 두 개, 세 개, 네 개, 수도 없이. 그 물음표들이 내 머릿속을 계속 까맣게 색칠해갔고 무겁게 목을 짓눌렀다. 안겨 있는 Z의 몸이 따뜻한데도 추위는 가시지 않았다. 그런데도 Z

는 나를 꼭 껴안은 채 계속 내 등을 토닥였다. 나는 계속 숨을 몰아쉬었다. 왜? 왜? 왜? 답을 할 수 없는 그 물음표들이 원망스러웠다.

그 상태로 얼마나 더 있었는지 모르겠다. 진정되고 나서도 '이건 내 잘못이 아니야. 나는 동의한 적 없어. 이건 내 탓이 아니야. 봐 봐 눈물이 나잖아. 억울하잖아. 속상하잖아'라며 이 상황에 있는 나를 용서해보려고 멈추려는 눈물을 쥐어짜내기도 했고, '나한테 이러지 마세요. 싫어요'라며 동정을 얻기 위해 서럽게 소리 내어 울기도 했다. 하지만 모두 실패했다. 더 이상 눈물이 나오지 않았고 결국 나는 울음을 그쳤다. 더 이상 울 힘도, 울 이유도 없었다. 그냥 내 잘못인 게 분명했다.

내가 조용해지자 Z는 이제 진정됐냐며, 다 울었냐며 나를 앞에 앉혔다. 그러고는 안쓰러운 듯 쳐다보며 내 얼굴을 손으로 훔쳤다.

"혹시 한 건가요?"

내 말에 Z가 놀란 표정을 지었다. 그러더니 방금 한 것도 애무의 일종이라고 대답했다. 나와 애무만 하기로 약속하지 않았냐며 자기는 그 약속을 지켰다고 했다.

"그루양, 정말 아무것도 모르는구나?"

Z가 웃었다. 그리고 내게 섹스에 대한 설명하기 시작했다. 남자의 성기가 끝까지 들어갔다 나와야 섹스라고. 내게 검지 한 마디를 보여주며 이 정도만 들어간 건 애무지 섹스가 아니라고 말했다. 의자를 손바닥으로 슥 훑은 뒤 내게 손바닥을 펴 보여주며 피도 나지 않았으니 여전히 나는 처녀라고, 안심하라고 말했다.

악취

나는 끄덕였다. 그 말도 안 되는 말에 다행이라고 생각하며 숨을 뱉었다.

⇨ 22 ⇦

어디서부터 어디까지가 애무이고 섹스일까?

처음 섹스라는 걸 알게 된 건 열세 살 때다. 학원에서 남자애 하나가 갑자기 전날 뭘 봤는지, 여자 선생님께 숙제 검사를 받고 자리로 돌아오면서 "삽입"이라고 말하며 다른 남자애와 낄낄거렸다. 내가 "그게 뭔데? 나도 알려줘"라고 말했다가 선생님의 표정을 보고 멈칫했던 게 기억난다. 남자애들은 그 생각에 빠져 선생님을 살필 생각도 없었겠지만. 며칠 전만 해도 나와 얘기하고 장난도 쳤는데 그날은 계속 그 둘이 내 뒤에서 "삽입, 삽입"이라고 떠들어대면서 나를 소외시켰고, 나는 선생님 눈치를 살피며 못 들은 척하고 있었다. 학원을 마치고 나와서야 나만 따돌리지 말고, 내게도 그게 무슨 뜻인지 알려달라고 화를 냈다. 그러자 그 남자애가 자기 집에 가면 알려주겠다 말했고, 옆에 있던 남자애와 다시 낄낄거렸다. 그 모습이 꺼림칙해 "됐어"라고 말하고 내가 서둘러 집으로 향하자 "삽입, 삽입"이라고 외쳐댔다. 이튿날, 나는 친구의 집에 가 친구에게 전날 있었던 일을 얘기해주며 '삽입'이 뭔지 아느냐고 물었다. 자기도 모른다길래 친구와 함께 인터넷에서 '삽입'을 여러 번 검색했고, 그러면서 처음으로 섹스가 뭔지 알게 됐다.

그 후로는 다시 잊고 지내다가 중학생이 되고, 한 친구가 야한데 재미있다며 추천해준 일본 만화책을 보며 그 행위가 어떤 식으로 이뤄지는지 처음으로 보게 되었다. 만화책 겉표지엔 "15세 이상만 보세요"라고 적혀 있는데 부잣집 남자가 경매 시장을 지나가다가 어린 여자애를 사와 성착취를 하다가, 음…… 서로 사랑에 빠지는 내용이다. 그 후로 중고등학교 때 친구들과 뭔지도 모르면서 찾아본 성인물 대부분이 그런 내용이었다. 여자 주인공이 동의 없이 억지로 성관계를 당하다가 결국엔 좋아하게 되고, 범죄자인 남자 주인공과 사랑에 빠지는.

피해자가 쾌락에 의존하게 되거나 가해자를 사랑하게 되는 스톡홀름증후군을 보이는 데에는 많은 이유가 있겠지만 이런 성인물 매체에 의한 효과도 있지 않을까. 그렇게 행동하면 그런 매체에 나온 것처럼 괜찮아질 거 같아서.

중고등학교로 올라가면서 '성교육'이란 걸 받긴 했지만, 콘돔이란 걸 돌아가며 만져보고, 피임에 대해 배우고, 출산 동영상, 임신중절 동영상을 보여주며 겁을 줬을 뿐 정확히 섹스라는 게 어디서부터 어디까지인지는 알지 못했다. Z의 말대로 정말 남자의 성기가 끝까지 삽입되어야 '섹스'인 건지, 그 전까지의 행동 모두는 '애무'이기만 한 건지. 아무것도 모르면서, 성인물에 나온 것들만 보고서다 아는 척 친구들과 야한 이야기를 주고받으며 깔깔깔 웃어대기만 했다.

Z가 차에서 내려 운전석으로 돌아가고, 지갑을 꺼낸 뒤 내게 노란 종이 한 장을 내밀었다. 나는 아무 말도 하지 않고 그 종이를 받았다. 싫다는 말도, 해야 할 말도 역시나 하지 못했다. 그저 Z가 바라는 대로 매번, 그렇게 매번 가만히 있기만 했다. 차 안에 켜진 시계를 확인해보니 처음 약속했던 시간이 훌쩍 넘어서 있었다. "저 그냥 여기서 내릴게요." Z가 뒤돌아 나를 처다봤다. 이곳 길이 안 좋아서 안 된다며 만났던 장소에 다시 내려주겠다고 말했다. 나는 어차피 약속이 있어서 여기서 택시를 타고 가는 게 더 좋다고 둘러댔다.

"그루양, 혹시 오늘 일로 마음 상한 건 아니죠? 오빠는 그루양이랑 계속 만나고 싶은데."

Z가 나를 빤히 처다봤다. 입을 삐죽 내밀고 서운하다는 표정을 지으면서. 나는 아니라고, 괜찮다고 말했다.

"여기 위험한데……"

Z는 고민하다가 결국 알았다고, 조심히 들어가라고 말했다. 나는 "감사합니다"라고 마음에도 없는 말을 하면서 서둘러 그 차에서 내렸다.

"그루양, 메리 크리스마스!"

Z의 차가 떠나고, 주변을 둘러봤다. 낡은 간이 화장실 한 칸과

쓰레기봉투들만 나와 함께 서 있었다. 한겨울 검정 바람막이를 입고 있는 나를 혹시라도 누군가가 본다면 쓰레기봉투라고 생각할 것 같았다.

온몸이 물에 빠진 것처럼 축축하고 무거웠다. 집에 가고 싶었다. 내 방 침대에 누워 쉬고 싶었다.

강을 따라 집을 향해 걸었다. 강 옆에 늘어진 마른 풀들이 바람에 부딪히며 수근거렸다. 더러워. 더러워. 더러워. 이어폰으로 귀를 막은 채 걸음을 재촉했다. 그리고 얼마 안 가서 아침 일기예보에 나온 대로 새하얀 눈이 한 송이씩 내리기 시작했다. 멈춰 서서 손바닥을 펼쳐 떨어지는 눈을 받았다. 손에 닿자마자 물방울로 변하는 모습을 한참 동안 바라봤다. 그러다 손을 털고 마주 잡아 호호 입김을 불었다.

지난번 만남에서 크리스마스 선물로 장갑을 주겠다는 Z의 말에 받게 될 장갑이 무슨 색깔일지, 교복과 어울리긴 할지 잠시 고민했던 게 생각나 웃음이 났다.

그날부터 내게서 악취가 났다.

⇨ **24** ⇦

이튿날 아침 침대에서 비적비적 나와 혹시라도 어젯밤 일이 악몽일까 싶어 서랍을 열어 일기장을 꺼내 뒤적였다. 노란 종이 한 장이 꽂혀 있는 것을 보고 다시 일기장을 덮었다. 베란다 앞에 서자 세상이 온통 하얀 눈으로 덮여 있었다. 한 아저씨가 차 위에 쌓인 눈을 힘겹게 치우고 있었다. 신기했다. 어젯밤에 본 그 작은 눈들이 쌓여 이렇게 무겁게 온 세상을 덮은 모습이.

휴대전화를 열어보니 Z에게 문자가 와 있었다. 내게 몸은 괜찮은지 물었고 나는 괜찮다고 답했다.

이튿날 학교에 가니 친구들이 너도나도 크리스마스에 있었던 이야기를 나누며 재잘거리고 있었다. 분명 같은 공간, 같은 교복, 같은 슬리퍼를 신고 다 같이 둘러앉아 있는데도 혼자 다른 공간, 다른 옷, 다른 신발을 신고 있는 것 같았다.

조용한 수업 시간이 되면, 내게 말을 거는 사람이 없으면, 그때처럼 속이 울렁거렸다. Z의 진한 향수 냄새가, 그곳에서 나던 악취가 나는 것 같았다. 그곳에 멈춰 서 있는 것 같았다.

Z는 연말이라, 새해라 한동안 연락이 없었고, 나는 친구들과 약속한 대로 여기저기 놀러 다녔다. 교복 대신 새로 산 옷을 입고, 새 일기장을 사러 번화가에 갔다. 친구들과 먹고 싶은 것도 마음껏 먹어댔다. 돈이 있으니 좋았다. 그래서 새해가 되고 얼마 지나지 않아 또다시 Z의 연락에 답장을 하고, Z를 만나러 갔다.

어차피 학교 마치면 저마다 다른 가방을 메고 저마다 다른 신발을 신고 각자의 길을 가는 거라고 생각했다. 누군가는 학원에, 누군가는 독서실에, 누군가는 집에, 누군가는 PC방에, 누군가는 노래방에, 누군가는 이름도 모르는 성인 남자에게. 다들 다른 길을 걷는 데 이유가 있는 것처럼 나도 이유가 있는 거라고, 단순하게 생각하자고 합리화했다. 혼자 낭떠러지로 걷고 있으면서.

돈이 없는 것보다는 있는 게 나으니까. 이렇게 된 걸 되돌릴 순 없지만, 돈은 벌 수 있으니까. 그렇게 합리화하기 시작했다.

내가 Z를 만나 드라이브 이상의 단계까지 가게 된 걸 K와 Y는 알고 있었다. 한동안은 처음이랑 똑같이 드라이브만 하고 있다고 말했지만, 그 둘에게 거짓말을 하고 있다는 게 신경 쓰여 결국 툭 하고 내뱉었다. 아니, 그냥 내가 너무 힘들어서 토해냈다. 하루 종일 울렁거리는 머릿속이, 목 끝이, 가슴속이 너무 갑갑해서.

"어쩌다보니 그렇게 됐어."

아무렇지 않게 웃으며 말했다. 그렇게 말하면 그 둘도 가볍게 생각할 거라는 멍청함에. 어쩌면 웃는 얼굴에 침 못 뱉는다는 그 오래된 말 때문에 그랬는지도 모르겠다.

그 둘은 심각했다. 속상한 표정을 짓기도 했고 울 것 같은 표정을 짓기도 했다. 나는 서둘러 허허허 하고 웃었다.

"괜찮아. 아무렇지 않아. 그냥 애무만 하는 건데 뭘."

그리고 앞뒤 다 자른 채 Z가 내게 해준 좋은 말들만 골라 말했다. Z가 정말 나를 좋아하는 거 같다고, 나한테 그렇게 말하기도 했다고, 내가 불편해하면 멈추고 나를 안아주기까지 한다고. 내가 울었던 건, 내가 싫다는 말 한마디 못했던 건 말하지 못한 채. 나도 자신을 이해할 수 없어서, 나도 그런 나를 어떻게 대해야 할지 모르겠어서.

학교에선 예전과 별다를 것 없이 지냈다. 하지만 집에 돌아오면, 잠들기 위해 침대에 누우면, '똑똑' 신호도 없이 불쑥 악취가 쳐들어왔다. 자는 중에도 이유 없이 일어나 멍하니 침대에 앉아 있었다. 캄캄한 창밖이 무서워 커튼을 치다가도 캄캄한 창밖이 익숙해 다시 커튼을 젖혔다. 추운 게 싫은데도 갑갑해 베란다에 나가 잔뜩 웅크린 채 창밖을 보며 앉아 있었고 추운 게 싫어 다시 침대로 돌아와 잔뜩 웅크린 채 잠들려고 애썼다. 그런 모습을 누군가에게 들킬까 두려웠지만 그런 나를 누군가에게 털어놓고 싶었다. 외로웠다.

⇨ **25** ⇦

그 당시 학교에선 랜덤 채팅이 유행하고 있었다. 입시 정보를 얻기 위해 주기적으로 수업 시간에 컴퓨터실에 가곤 했는데 몇몇 친구가 랜덤 채팅에 접속해 낯선 누군가와 대화하며 장난을 쳤고, 그 모습을 호기심 있게 본 다른 친구들이 하나둘 랜덤 채팅에 접속하면서 유행하게 됐다.

랜덤 채팅에 접속하는 방법은 아주 쉬웠다. 그냥 랜덤 채팅 사이트 이름을 인터넷에 검색하면 그 주소가 바로 떴고 그걸 클릭만 하면 됐다. 회원 가입도 필요 없이 "낯선 사람과 대화를 시작하시

겠습니까?"란 문구를 누르면, 말 그대로 낯선 사람과의 대화가 시작됐다. 얼굴도, 이름도, 나이도, 아무것도 알 수 없는 사람과.

이른 아침부터 늦은 밤까지 2년 넘게 매일 같은 얼굴들을 보며 학교 안에 있던 우리는 학교 밖, 그 랜덤 채팅 속 세상을 재미있어 했다. 그곳에서 만난 다른 학교 학생들과 평범한 대화를 나누기도 했고, '번녀'를 구한다는 남자들과의 대화가 시작되면 몰려들어 욕을 하기도, 장단에 맞춰 같이 야한 이야기를 주고받기도 하면서 깔깔거렸다. 그렇게 교실로 돌아오면 삼삼오오 모여 어떤 사람과 대화를 했는지 얘기하곤 했다. 그 낯선 사람이 한 말이 사실이든 거짓이든 중요하지 않았다. 누군가의 학교생활, 연애담 같은 평범한 이야기부터 어떤 변태 아저씨가 자위하는 방법을 알려줬다는 둥, 휴대전화 번호를 알려주니 발기한 성기 사진을 보냈다는 둥의 자극적인 이야기들까지 그냥 학교 밖, 낯선 사람의 이야기면 됐다.

나는 내 비밀을 누군가에게 속 시원히 털어놓고 싶어서 랜덤 채팅을 이용했다. 그곳에서는 그래도 될 거 같았다. 처음 혼자 집에서 랜덤 채팅에 접속했을 때 나는 온갖 의심을 하며 사이트에 들어갔다 나오기를 반복했다. 바이러스에 걸려 집 컴퓨터가 고장 나는 건 아닌지, 정말 내가 누군지 상대방이 알 수 없는 게 확실한 건지, 혹시라도 해킹을 당하는 건 아닌지, 그러다 내가 누군지 들켜 학교에 소문이 나는 건 아닌지 두려웠다. 그래서 한참을 뜸들이다 용기 내 접속하더라도 아무 말도 하지 못한 채 대화창을 종료하기를 반복했다. 그러면서 수많은 낚시꾼과 마주하게 됐다. 데이트 상대, 조건만남 등 자신의 성욕을 풀어줄 상대를 구하는 남자들.

그들은 그곳에서 낚시를 하고 있었다. 돈이라는 미끼를 들고 한 명이라도 걸리길 바라면서 끊임없이. 그들은 익숙해 보였다. 채팅이 시작되자마자 준비된 미끼를 탁탁 던져왔고 상대가 아무 말도 없으면 눈치껏 바로 나가버렸다. 미끼 안에는 본인과 만날 수 있는 지역, 시간, 금액 등이 기본으로 들어 있었고 자신의 신체 조건, 원하는 상대의 신체 조건이 적혀 있기도 했다. 원하는 스타일도 많고 다양했다. 신던 스타킹이나 속옷을 산다는 사람부터 같이 여행을 가주면 여행 경비와 용돈을 주겠다는 사람, 자기 성기 사진을 보내줄 테니 봐달라는 사람, 발로 자신의 성기를 만져달라는 사람, 자기에게 복종할 성노예를 구한다는 사람, 자기가 복종할 주인님을 구한다는 사람까지. 그리고 그중 일부분은 대놓고 여고생을 원했다. 돈을 미끼 삼아 무언가에 굶주린 여고생을 낚으려는, 자신의 성욕을 해소하려는 이들.

"~ 할 여고생, 고딩, 고등어를 구합니다."

수많은 낚시꾼을 지나치고 나서야 나는 '정말로 상대가 누군지 알 수 없는 게 맞는구나'라고 확신하게 됐고, 수많은 미끼를 지나치고 나서야 나는 Z가 내게 주는, 그 5만 원이라는 돈이 얼마나 적은 것인지 알게 됐다.

신던 스타킹이나 속옷만 보내줘도 3만 원을 받을 수 있었다. 심지어 어떤 사람은 처녀를 구한다며 50만 원이라는 돈을 제안하고 있었다. 5만 원도 내겐 큰돈이었지만 뭔가 억울하고 화가 났다.

나는 그런 낚시꾼들에게 욕을 하고 화풀이를 하면서 채팅을 시작했다. 엄마 생각은 하는지, 누나, 여동생 생각은 하는지, 조카 생각은 하는지, 미래의 아내와 딸에 대한 생각은 하고 있는 건지.

내가 할 말도 아니면서 그들을 비난했다. 하지만 그들은 아무 대답도 하지 않고 바로 채팅방을 나갔다.

문제는, 그곳에 성인 여자는 드물었다는 것이다. (통계는 모르지만 내가 겪어본 바로는 그렇다.) 보통 대화가 시작되면 'ㅇㅈ' 'ㄴㅈ', 각각 '여자' '남자' 이렇게 성별을 밝히고 나이를 밝힌다. 예를 들면 'ㅇㅈ 18'은 '여자, 열여덟 살'이다. (낚시꾼들에게 장난을 치기 위해 여자라고 거짓말하는 남자가 많긴 하지만.) 학교가 끝나고 집에 돌아와 랜덤 채팅을 하면 보통 대여섯 명 이상의 낚시꾼을 지나쳐야 대화할 상대를 구한다는 사람이 나타났고, 그들 대부분은 여고생이었다. 좋아하는 사람에 대한 이야기를 하고, 학교생활, 친구 관계에 대한 이야기를 하고, 입시 스트레스에 대해, 랜덤 채팅 속 변태들에 대해 수다를 떠는.*

⇨ **26** ⇦

새해가 되고 얼마 지나지 않아 다시 Z를 만났다. 열아홉이 된 나는 'Z가 나를 이용하는 게 아니라, 내가 돈을 벌기 위해 Z를 이용

---

* 나무위키 정보에 따르면 2013년, 전체 성매매 미성년자 중 인터넷 채팅이나 앱에 의한 유입이 68퍼센트에 이른다고 한다. 그리고 2020년 12월 중순부터 청소년 유해 매체물로 지정됐다고 한다.

악취

하는 거야'라고 억울해지지 않기 위해 합리화를 했다. 그가 묻는 말에 퉁명스럽게 대답했고 시큰둥하게 손 한쪽을 턱에 기댄 채 창문을 바라봤다.

하지만 그날도 울었다. 이번엔 눈앞이 선명하게 보였다. 보이는 건 까만 차 천장이었고 나는 차 안에 성인 남자와 있었다. 그리고 아무리 생각해도, 아무리 내가 멍청하다 해도 이건 애무가 아니었다. 그런데도 나는 아무 말도 하지 못한 채 또 가만히 누워만 있었다. Z에게 화가 나서가 아니라 이렇게 또 Z와 만나 가만히 있기만 하는 내가 이해되지 않아서, 답답해서 눈물이 주르륵 흘렀다.

또 울면 혼날 거란 생각에 팔로 얼굴을 숨겼다. 훌쩍이지 않으려고, 기침을 하지 않으려고 애쓰면서 눈물을 그치기 위해 생각을 계속 다른 곳으로 돌렸다. 하지만 생각은 끊임없이 제자리로 돌아왔다.

'그냥 네가 걸레니까 그렇지. 울긴 왜 울어?'

결국 Z는 이번에도 내가 우는 걸 알아챘다. 기분이 좋은지, 느낌이 어떤지 물어보다가 아무 대답도 없는 내가 답답했던지 하던 행동을 멈추고선 내 팔을 들어올렸다. 고개를 돌리는 나를 보더니 한숨을 하— 하고 길게 내쉬었다. 그 상태로 다시 정적이 흘렀다. 나는 입술을 꽉 깨물고 가만히 누워 의자만 쳐다봤다. 앞이 흐려지는데도 팔을 붙잡혀 닦지 못했다. 한참 동안 정적이 흐르다 Z가 팔을 놓아줬다. 그 상태로 가만히 있었다.

그가 주섬주섬 옷을 챙겨 입는 소리가 들렸고 곧이어 차문이 쾅

하며 세게 닫혔다. 몸이 움츠러들었다. 내 잘못 같아 무서웠다.

'오지 말든가. 돈도 받아가면서 맨날 울고. 화낼 만하지.'

계속 울고 있으면 혼날 거란 생각에 눈물을 닦고 심호흡을 했다. 스타킹을 올려 입은 뒤 일어나 창문 밖을 바라봤다. Z가 잔뜩 인상을 찌푸린 채 담배를 피우고 있었다. 하얗게 연기가 뿜어지고 흩어지고. 담배 냄새가 차 안으로 스며들어와 역했다. 왼쪽 구석으로 가 웅크리고 앉아 Z를 기다렸다. 눈앞에 커다란 쓰레기함 두 개가 보였다. 그때 그 근처에 있던 공원 주차장이었다. Z가 쓰레기함을 향해 담배꽁초를 던졌고 차 앞으로 돌아왔다.

나는 Z가 운전석에 올라타자마자 "죄송해요"라고 말했다. 그런데도 정적이 흘렀다. 정적도, 차에 흩어지는 담배 냄새도 무서웠다.

Z는 그날 내게 아무 말도 하지 않고 똑같이 5만 원을 쥐여주었다. 그리고 그런 내가 싫었는지 보름 동안 아무런 연락도 하지 않았다.

⇨ **27** ⇦

Z에게서 연락이 없자 조용히 집에 있는 시간이 길어졌고 잡생각도 더 많아졌다. 악취는 여전히 '똑똑' 신호도 없이 불쑥 쳐들어왔고 '걸레년'이라는 단어도 함께 데리고 왔다.

고3, 친구들은 원하는 목표를 이루기 위해 입시 준비에 온 신경을 쏟아붓는데 나는 그 악취를 내 온 신경에서부터 쏟아버리기 위해 랜덤 채팅에 접속했다. 처음엔 낚시꾼들에게 온갖 욕을 퍼부으며 그들에게 악취를 쏟아버리려고 노력했다. 하지만 대꾸 없이 채팅방을 나가버리는 낚시꾼들에, 줄어들지 않고 끊임없이 나타나는 새로운 낚시꾼들에 허무하기만 했다. 온 세상이 악취로 뒤덮인 것처럼 느껴졌다.

결국엔 지쳐 나도 내 또래인 여고생들과 대화를 시작하게 됐다. 단짝 친구의 남자친구를 좋아한다고 말하는 여자애부터 동성 친구를 좋아한다고 말하는 여자애까지. 상대방이 누군지 모르니 거침없이 솔직한 이야기가 쏟아져 나왔고 재미있었다. 하지만 들어주기만 할 뿐 내 이야기는 하지 않았다. 컴퓨터가 고장 나는 것도 아니고, 상대방이 정말 누군지 모르는 게 확실해졌는데도 말하기 어려워 쓰다 지우기만을 반복했다.

그러던 어느 날 조건만남 상대를 찾는다는 여자애를 만나게 됐다. 열여덟 살, 여고생이라는 그 애는 15만 원에 수도권 어디든 상관없다고 적은 뒤 신체 사이즈를 적어 낚시꾼들처럼 바로 메시지를 보내왔다.

"안녕."

나는 서둘러 인사를 했다. 낚시꾼들에게 장난을 치는 사람들일 수 있지만 일단 믿었다. 그 여자애는 "어디?"라고 답을 했다. 나는, 나도 조건만남을 하는 여고생이라고 적어 보냈다. 손가락이 뻣뻣해져왔다. 내뱉으면 흩어지는 말과 다르게 하얀 채팅창에 글자로 남겨진 내 소개를 보니 이상했다.

"장난?"

"아니."

그 애가 채팅방을 나가면 어쩌나 초조했다. 서둘러 내 이야기를 짧게 건넸다.

"나는 구직 사이트에 이력서를 공개로 해놨다가 연락이 와서 하게 됐어."

"그렇구나."

다행히 그 여자애는 나가지 않았고 나와의 대화를 이어갔다. 그 여자애에게 어떻게 조건만남을 하게 되었는지 물었다. 그 애는 "어쩌다"라고 답했다. 그러고선 짧게 자기 가정사를 이야기했다. 할머니인지 엄마인지 자세히 기억나진 않지만 어린 남동생과 셋이 산다고 했다. 원래 생활비를 보태기 위해 식당에서 아르바이트를 하다가, 랜덤 채팅창에서 관계를 하면 돈을 주겠다는 남자들의 말에 시작하게 됐다고 했다. 그런 뒤 내게 한 남자만 지속적으로 만나는 거냐며 신기하다고 말했다. 그 애는 자신에 대한 정보를 아무것도 알려주기 싫어 랜덤 채팅에서 장소와 시간, 상대방의 복장만 물은 뒤 약속 장소로 나간다고 했다. 그러다보면 약속 장소에 나타나지 않는 사람들 때문에 차비만 날리고 돌아오기도 하지만, 이상한 사람 같은 낌새가 있으면 그냥 안 하고 돌아올 수 있다고 했다.

그 애의 말이 진짜인지 아닌지 알 수 없지만 나는 일단 진짜라고 믿었다. 세세하고 덤덤해서. 자신에 대한 이야기도, 그동안 만났던 사람들에 대한 이야기도, 내게 해주는 이야기도.

"애들 괴롭히고 돈 뜯는 일진들도 있는데 뭐 어때. 남한테 피해주는 것도 아니고 그냥 성인 되기 전까지만 하고 새 출발 하면 되는 거야. 괜찮아."

이 말도 안 되는 말에 위로를 받았다면 웃을 수도 있겠다. 하지만 내 이야기에 공감해주고 이해해주는 사람이 어딘가에 있다는 것만으로도 마음이 편해지고 외롭지 않았다. 우리는 계속 이야기를 나눴다. 서로 진짜 여자인지 확인하기 위해 생리에 대한 이야기를 나누다가 웃기도 했다. 나는 그 애와 번호를 주고받아 연락을 하며 지내고 싶었다.

"그건 안 될 거 같아. 미안."

그 여자애는 서로 알게 되면 나중에 불편해질 게 분명하다고 말했다. 아쉬워하는 내게 이만 가봐야겠다며 몸조심하라고 말한 뒤 채팅방을 나가버렸다.

⇨ **28** ⇦

며칠 뒤 나는 다시 랜덤 채팅에 접속했고 나와 같은 나이라고 말하는 여자애와 대화를 시작했다. 그 여자애는 이것저것 고민이 많았다. 좋아하는 사람에 대해, 학교생활에 대해, 미래에 대해. 나는 그 이야기를 모두 들어주고 공감해주며 대화를 이어갔다.

Z를 만나면서 한 가지 얻은 게 있다면 이런 거였다. 누군가는 말도 안 되는 이야기라고, 그게 무슨 걱정이냐며 비난하고 무시하는 말들에 '사정이 있겠지'라면서 공감하고 이해하려 노력하게 됐다

는 것. 물론 나도 그렇게 되돌려 이해받고 싶어서였겠지만.

나는, 그 여자애가 너무 자기 이야기만 한 거 같다며 내 이야기도 해보라는 말에 술술 Z에 대한 이야기를 털어놨다. 처음이 어려웠을 뿐 두 번째가 되니 비교적 쉬웠다. 그 여자애는 내 이야기를 신기해했고 동정하기도 하면서 관심을 가졌다. 진짜? 헐, 대박 등의 반응을 하면서. 그리고 내가 이야기를 끝내자마자 "더러워 걸레년. 어차피 넌 걸레야"라고 채팅방에 쓰고는 나가버렸다. 그 단어를 마지막으로 상대방이 채팅방을 나갔다는 문구가 떴고 답을 할수 없었다. 불가능하다는 걸 알면서도 그 여자애를 찾기 위해 대화를 시작하고 끝내기를 반복했다. 그 애를 다시 만난다 해도, 그 애가 채팅방을 나가지 않고 내 대답을 기다렸다 해도 내가 할 수 있는 말이 있었을까?

시간은 이미 늦은 밤이 되어 있었고 나는 조건만남을 원한다는 남자들만 계속 지나쳤다.

그날, 그렇게 Z의 연락이 오지 않고 그대로 내가 Z를 차단한 뒤 정신을 차렸더라면, 랜덤 채팅을 할 시간에 열심히 공부를 했더라면, 학원을 포기하고 돈을 포기하고 딱 1년만 버텼더라면 조금은 죄책감을 덜 수 있었을까? 10년이란 시간 동안 이렇게 미친 사람처럼 울고불고 하지 않았을까?

"더러워 걸레년. 어차피 넌 걸레야."

악취

매일같이 나 자신에게 해오던 말이었지만, 내가 아닌 다른 사람에게 들으니 화가 났다. 억울했다. '네가 뭔데'라는 생각이 가득 차올랐다. 그 여자애를 찾아 욕을 실컷 퍼붓고 싶었다.

대화를 시작하고 끝내길 반복했다. 하지만 낚시꾼들만 계속 마주쳤다. 할 수 없이 그들에게 욕을 퍼부었다.

"걸레 새끼들."

그런데도 분이 풀리지 않았다. 조건만남을 한다고 말했던, 나와 오랫동안 이야기를 하고 공감을 해줬던, 그때 그 여자애와 같은 사람을 찾아 대화를 하고 싶었다. 하지만 없었다. 그때 어떻게든 번호를 물어볼걸 그랬다고, 아니면 힘들 때 연락하라며 내 번호라도 줄걸 그랬다고 후회했다. 컴퓨터를 끄고 방으로 돌아와 침대에 누웠다. 잠이 오지 않았고 온전치 않은 정신은 시끄러웠다. 그래서 다시 컴퓨터를 켰다. 다시 랜덤 채팅 속으로 들어가 대화할 사람을 찾아다녔다. 내 이야기를 들어줄 사람이 필요했다. 그러던 중 평범한 대화를 할 상대를 찾는다는 한 남자를 만나 이야기를 시작하게 됐다.

"제발 변태 말고 대화할 사람만."

나는 웃었다. 그 남자와 대화를 시작했다. 그 남자는 오늘 처음 랜덤 채팅에 접속했는데 세상에 이렇게 이상한 사람이 많은지 몰랐다고 말했다. 내게 진짜 여자가 맞는지 물었고 이전까지 여자라고 한 사람들 모두 사실은 장난치는 남자들이었다며 어이없어했다. 나는 계속 웃으며 정말 여자가 맞다고 말했다. 그렇게 술술 대화가 시작됐다. 어쩌다 내 이야기를 중심으로 대화가 흐르게 됐는지는 몰라도 나는 내 이야기를 하고 있었다. 가정사, 학교생활, 미래에 대해. 그 남자는 내 이야기를 열심히 들어줬다. 내가 짧게, 짧게, 한 문장씩 끊어 보내는 이야기가 끝나면 한참 동안 자기 생각을 길게 두세 줄씩 쓴 뒤 장문으로 대답했다. 계속 가르치려고 하는 게 꼰대 같긴 했지만, 내 말을 진지하게 들어주는 게 좋아서, 안심이 돼서 Z에 대한 것과 이전에 나와 대화를 했던 여자애에 대한 내용도 조심스럽게 하게 됐다. 그 남자는 Z에 대해 같이 욕을 했고, 나를 동정하기도, 위로해주기도 했다.

익명이 보장됐기에 나는 내 모든 상황과 머릿속에 꽉 차 있는 악취들을 거르지 않고 마음껏 쏟아냈다. 그 남자는 시간이 많았고 나도 시간이 많았다. 오랜 시간 동안 대화를 이어갔다. 그렇게 자정을 훌쩍 넘었을까. 화가 풀리니 몸이 고단했고 졸렸다. 이제 자러 가야겠다고, 이야기를 들어줘서 고맙다고 내가 말하자, 그 남자가 자신의 휴대전화 번호를 알려줬다. 돈이 필요하면 그의 2배인 10만 원을 줄 수 있으니 자기를 만나보는 건 어떻겠냐고. 천천히 생각해보라고.

깜빡깜빡. 이번엔 휴대전화 번호를 마지막으로 대화가 끝났다. 나는 그 채팅방을 나가지 못한 채 망설였다. 한참을 고민하다가 책상 위에 놓인 포스트잇에 번호를 적었고 컴퓨터를 끈 뒤 방으로 돌아와 일기장을 펼쳤다. 베란다 창밖을 쳐다봤고 그냥 날려버릴까 서성였다.

짐작했겠지만, 나는 그 번호가 적힌 포스트잇을 일기장에 끼워 넣었다.

▷ 29 ◁

놀랍게도 나는 Z에게 먼저 연락을 했다.

　두 달 만에 '어차피 다음 주에 Z 만나면 되니까. 그냥 사자, 먹자' 라며 돈 쓰는 것에 익숙해져 있었고, 학원비를 모으는 통장에 몇 만 원씩 쌓여가는 돈을 보며 그래도 미래에 대한 희망을 조금 품고 있었기에, 그 모든 걸 할 수 있었다가 다시 모든 걸 못하게 되는 게 싫었다.

　Z가 아닌, 랜덤 채팅에서 만난 그 남자에게 연락을 해볼까 고민하기도 했다. Z가 주는 돈의 2배를 준다 했고, 대화가 잘 통하는 듯했으니까. 하지만 모르겠다. 그냥 Z를 끊어내기 어려웠는지도. 그래도 내 첫 경험 상대니까.

　"언제 만나요?"

　답장은 바로 왔다. 그동안 바빠서 연락을 못했는데 내가 먼저 연락을 해줘서 너무 기쁘다고 했다. 그리고 보고 싶다며 바로 그 주에 만나자고 했다.

　그날 Z는 약속 시간보다 조금 늦게 도착했다. 나는 웅크리고 앉아 Z를 기다렸다. 검정 바람막이는 겨울바람을 막아주지 못했다. 빨리 Z가 왔으면 좋겠다고 생각했다. 몸을 녹이고 싶었다. 녹은 눈 때문에 지저분해진 운동화가 신경 쓰여 손으로 털어내다가 손마저 지저분해져 교복에 털었다. 그러다 Z가 도착해 벌떡 일어나 서둘러 차에 올라탔다. 따뜻했다.

"그루양, 많이 기다렸어요? 춥죠! 미안해요. 오빠가 그래도 의자 히터는 틀어놨어요."

오랜만에 다시 만난 Z는 지난번 일은 잊었는지 내게 아무렇지 않게 활짝 웃으며 인사를 했다. 졸업인지, 취업 준비인지를 하느라 바빴다며 그간 있었던 일을 짧게 얘기했다. 그리고 자연스럽게 오늘은 모텔에 가자고 했다.

"모텔이요?"

정말 Z는 '나'라는 사람을 하나의 게임으로 생각했다. 하나하나 미션을 달성하듯이.

자기소개, 손 잡기, 애무, 삽입 시도, 섹스.

차, 집, 모텔.

내가 교복을 입고 있는데 어떻게 모텔에 가냐며 당황해 웃자 Z는 다 방법이 있다고 했다. 다른 친구들과 자주 가는 데가 있다고. Z는 이렇게 내가 난감해할 때마다 다른 아이들을 들먹였다. 이름과 학교를 들먹이기도 했는데 모르겠다, 그 애들에게도 이런 식으로 내 이야기를 했는지. 그가 말하는 그 애들이 존재한 건 맞는 거 같다. Z는 휴대전화를 두 개씩 들고 다녔으니까. 하나는 클러치 안에 꼭꼭, 다른 하나는 차 안에 툭. 낡은 2G폰. 하루는 그 2G폰이 울렸고 내게 말하듯이 "오빠가 나중에 다시 전화할게용"이라고 말한 뒤 끊기도 했다.

Z는 차를 모텔로 출발시켰고 나는 아무 말 없이 가만히 앉아 있었다. 창밖은 여전히 추운 겨울이었다. 나뭇가지는 앙상했고, 길거리는 녹은 눈 때문에 지저분했다. 추위에 꽁꽁 싸맨 채 잔뜩 웅크리며 버스를 기다리는 사람들이 보였고 하늘은 깜깜했다. 나는 이름도 모르는 성인 남자와 모텔로 가고 있었지만, 차에 타고 있었고, 무엇보다 더 이상 춥지 않았다.

차는 금세 모텔촌에 다다랐다. 알록달록 커튼 같은 가리개들이 저마다 모텔 안에 세워진 차들을 보호해주고 있었다. Z는 그중 제일 허름한 벽돌로 된 모텔로 들어가 주차를 했다. 그리고 뒷좌석에 놓여 있던 외투에 손을 뻗어 내게 건네주며 입으라고 했다. 자기가 쓰고 있던 모자도 벗어 푹 씌우면서.

"됐다."

Z의 말에 나는 조수석 앞에 달린 거울과 백미러에 비치는 내 모습을 확인했다. 커다란 외투에 큰 모자를 눌러쓴 내가 이상해 보였다.

'이게 될까? 진짜?'

Z가 차에서 내리며 빨리 들어가자고 말했다. 그를 따라 차에서 내리니 교복 치마가 빼꼼 삐져나온 게 보였다. 잠긴 외투에 교복 치마를 끌어올릴 수도 없어 당황하자, Z가 괜찮다며 내 손을 잡았다.

"괜찮아. 가요."

내 손을 잡아끄는 그의 손을 따라 계단을 올랐고 모텔에 들어섰다. 쿰쿰한 냄새와 낯선 분위기에 정말 모텔로 들어왔다는 게 실감이 나 두려웠다. 그가 또 다른 요구를 할 것 같았다. 차라리 누군가가 이 구질구질한 게임을 끝내줬으면, 내 발로 빠지게 된 이 악취 속에서 끌어올려줬으면.

고개를 들고 카운터에 계신 아주머니를 바라봤다, 빤히. 주민등록증을 보여달라고 말해줬으면 해서. 하지만 아주머니는 나를 한 번 쓱 훑어볼 뿐 나와 눈이 마주쳤는데도 시큰둥한 표정을 유지했다. 아무렇지 않게 모텔 키와 세면도구를 Z에게 내밀었다.

한 손엔 키와 세면도구를, 다른 한 손엔 내 손을 잡은 Z를 따라 엘리베이터로 향하면서도 나는 뒤돌아 그 아주머니를 쳐다봤다. 아주머니는 멍하니 카운터에 앉아 있었다.

내가 성인처럼 보이나 싶어 엘리베이터 거울에 모습을 비춰보았다. 그럴 수도 있겠다 싶어 고개를 다시 숙였다. 괜히 아주머니를 탓하려고 한 내가, 내 발로 왔으면서 누구라도 탓하고 싶어한 내가 못나 보였다.

모텔 방에 들어가자마자 Z는 내게 달려들었다. 나는 그냥 눈을 감고 포기한 채 이번에는 울지 말아야지 다짐하며 입술을 꽉 깨물었다. 기억 속 좋은 추억들을 찾아 지금 내 모습을 외면하려 노력했다.

다행히 그날은 울지 않았다.

할 걸 다 마친 Z가 풀썩 내 옆에 누워 숨을 돌렸고 나는 천천히 일
어나 바닥에 널브러져 있는 교복을 주워 입었다. 침대 끝에 앉아 Z
가 다시 옷을 입길 기다렸다. 마주 본 까만 TV 화면 속에 Z가 두
팔을 활짝 벌린 채 누워 있는 모습이 비쳤다.

'일어나. 빨리.'

Z와 다시 손을 잡고 모텔 방에서 나왔다. 나는 Z가 오늘도 5만
원을 주면 어떻게 해야 하나 생각하고 있었다.

'왜 5만 원만 주세요? 섹스 하면 10만 원 준다고 하지 않았어
요? 오늘 한 게 애무인가요?'

그렇게 엘리베이터를 기다리고 있는데 갑자기 뒤에서 인기척이
들렸다. 어떤 커플이 모텔 방을 나오고 있었다. Z를 올려다봤다. Z
의 시선이 불안했다. 오른발, 그 명품 신발이 순간 엘리베이터 오른
편에 있는 비상구를 향했다. 하지만 엘리베이터가 도착하자 다시
제자리로 돌아오더니 성큼 내 손을 잡아끌며 엘리베이터 안으로
들어갔다.

"잠깐 기다려주세요!"

남자가 뛰어오며 우릴 향해 소리쳤다. Z가 닫힘 버튼을 눌렀다.
하지만 남자의 손이 더 빨랐다.

"빨리빨리. 감사합니다."

남자가 엘리베이터 문을 잡은 채 뒤돌아 여자를 보며 말했고 여

자는 구두를 신고 민망한 듯 해맑게 웃으며 뛰어오고 있었다. 마침내 여자도 엘리베이터에 올라타자 둘이 뭐가 그렇게 좋은지 키득거렸다.

'내가 고등학생인 걸 알아챌까? 신고를 할까?'

불안함에 Z를 올려다봤다. 그는 엘리베이터 문만 쳐다보고 있었다. 그 커플은 엘리베이터 문이 닫힐 때까지 키득거리며 웃었고, 문이 닫히자 바로 웃음을 멈췄다.

나는 고개를 푹 숙였다. 교복 치마가 삐져나와 있었고 기모 스타킹에는 잔뜩 보풀이 일어나 있었다. 침묵이 불편해 괜히 운동화에 묻은 흙을 발로 톡톡 건드리며 털었다. 눈 때문에 질퍽해진 운동장을 가로질러 다니다보니 내 운동화는 항상 지저분했다. 지각하지 않으려고, 매번 잠을 설치느라 늦잠을 자서. 푹 눌러쓴 모자 때문에 어른들의 시선을 볼 순 없었지만 모두 내 운동화를 내려다보고 있는 게 느껴졌다.

지옥 같은 몇 초가 흐르고 1층에 다다라 고개를 들자 그 커플과 차례로 눈이 마주쳤다. 여자와 남자. 20대 후반으로 보이는 여자는 한 손으로 입을 감싼 채 나를 심각하게 내려다보고 있었고, 30대 초반으로 보이는 남자는 시큰둥한 표정으로 나를 내려다보고 있었다.

내 손을 잡아당기는 Z를 따라 도망치듯 엘리베이터에서 내리자 뒤에서 수군거리는 소리가 들렸다. 눈이 마주쳤는데도 피하지 않고 오히려 나를 더 자세히 훑어보던 그 커플의 눈들이 계속 나를 쫓아왔다.

차에 타자마자 Z의 모자와 옷을 벗어 건네주고 나는 다시 창문을 바라봤다. 억울했다. 나만 잘못한 게 아닌데 왜 둘 다 나만 바라본 건지.

약속 장소에 돌아와 내게 똑같이 5만 원만 건네는 Z에게 나는 똑같이 아무런 말도 하지 못한 채 가만히 그 돈을 쥐고 차에서 내렸다.

⇨ **31** ⇦

나는 결국 랜덤 채팅에서 만난 그 남자에게 연락을 했다.

Z에게, 나 자신에게 화가 났지만 해결할 방법을 몰랐기에. 이왕 이렇게 된 거 그런 남자들의 돈이나 왕창 뜯어서 나 하고 싶은 대로 다 하고 살자는 말도 안 되는 다짐을 했다. 나는 그 남자에게 랜덤 채팅에서 대화했던 여고생이라며 문자를 보냈다. 답장이 왔고, Z와 만나는 똑같은 약속 장소에서 보기로 했다.

그 남자는 이름을 알려주려 하지 않는 내게 촌스러운 예명을 지어줬다. 그리고 자신은 흔한 이름을 예명으로 썼다. (실제 이름일 수도 있으니 W라고 하겠다.) 약속 장소에서 보게 되면 그 이름을 말하라고 했다. 일종의 암호처럼.

약속한 날이 되었고 그날도 나는 버스에 올라탔다. 버스에 탈

때마다 아는 사람을 만난다면, 혹시 어디를 가는지 묻는다면 뭐라고 대답해야 하나 싶어 매번 긴장하며 불안했지만 최대한 돈을 아껴야 했다. 보충 교재를 사느라, 연말이라, 신년이라 Z에게 받은 돈 대부분을 썼기에 모아둔 돈이 얼마 없었고 목표한 100만 원을 조금 여유 있게 모으려면 W를 열 번만 만나면 됐다.

'딱 열 번만이야. 그러면 돼.'

약속 장소에서 내리니, 바로 앞에 Z의 차와 대비되는 하얀 승용차 한 대가 서 있었다. 꽤 낡아 보였고 흔하디흔한 차종이었다. 선팅이 짙게 되어 있는 Z의 차와 다르게 차 안이 훤히 비쳤다. 차 뒤에서부터 천천히 차 안을 들여다봤다. 뒷좌석엔 아무것도 없었고 차 안의 남자는 휴대전화를 만지작거리고 있었다. 나는 W에게 전화를 걸었다. 차 안에 있던 남자가 전화를 받았고 깜짝 놀라며 옆에 서 있는 나를 쳐다봤다. 그 모습을 비웃으며 "W 오빠 맞아요?"라고 물었다.

이번에는 절대로 만만하게 보이지 말자 다짐하며 차에 올라탔다.

☞ **32** ◁

W는 '안 올 수도 있겠다'고 생각했는데 진짜 와서 놀랐다며 가슴을 쓸어내렸다.

W의 차 안엔 라디오가 흘러나오고 있었고 조수석 의자도 따뜻하지 않았다. 나는 차에 타자마자 대놓고 뒤를 돌아보며 별다른 물

건은 없는지 재차 확인했다. 물티슈는 없었고 오히려 지저분했다. 그걸 보고 안심했다.

보자마자 내 외모를 칭찬했던 Z와 다르게 W는 Z가 이력서를 보고 연락했다기에 예쁘고 화려할 줄 알았는데 너무 평범하고 수수하다며 의외라고 했다. 나도 오빠는 내가 상상했던 모습과 다르다며 시큰둥하게 말했다. 랜덤 채팅에서 오랫동안 대화를 주고받았고 약속 날짜를 잡은 후에도 자주 문자를 주고받았기에 생각보다 많이 불편하지 않았던 것 같다. 아니면 내가 변했을 수도 있고.

W가 내게 가고 싶은 곳이 있는지 물었고 나는 없다고 답했다. W는 이 지역 사람이 아니라 어디를 가야 할지 모르겠다며 내비게이션에 갈 만한 곳을 이곳저곳을 검색했다. 그러다 결국 야경이나 보러 가자며 운전을 시작했다.

랜덤 채팅에선 주로 내 이야기만 했기에 그날은 W가 하는 이야기를 들었다. W는 오래된 여자친구와 헤어지고 힘들어서 랜덤 채팅을 하게 됐다고 말했다. 왜 헤어졌냐는 내 물음에 현실적인 문제로 많이 부딪쳐서라고 답했다. 너는 아직 모를 거다, 라는 말도 덧붙였다. W는 직장도 낯선 지역으로 배정돼서 친구가 없다고 했다.

라디오에서 흘러나오는 슬픈 발라드 때문인지, 추적추적 내리는 진눈깨비 때문인지 W가 안돼 보였다.

산꼭대기 전망대에 도착해 W가 어묵을 사와 내게 건넸고 우린 차 안에서 탁 트인 야경을 보며 수다를 떨었다. W는 전 여자친구와 회사생활에 대한 이야기를 했고 나는 가정사와 Z에 대한 이야기를 했다. 서로를 불쌍하게 여겼다.

W는 자기와 굳이 관계를 하지 않아도 좋으니 힘들거나 속상한 일이 있으면 언제든지 연락을 하라고 했다. 자기도 혼자 지내서 외로우니 만나면 맛있는 것도 먹고 이렇게 이야기도 하며 친구처럼 지내자고. 나는 끄덕였다. 어떤 음식을 좋아하냐는 물음에 "회"라고 대답했고, "입은 고급이네"라는 말을 들었다.

W와 나는 그날 이후로 거의 매일 연락을 주고받았다.

⇨ 33 ⇦

W와의 두 번째 만남은 Z를 두 달간 만났던 것보다 훨씬 더 편했다. W는 첫날 얘기했던 대로 음식을 포장해왔다. 조수석에 커다란 봉투가 놓여 있었다. 봉투를 들어올린 뒤 의자에 앉아 열어보니 알록달록 초밥들이 가지런히 놓여 있었다.

"회는 좀 그렇고 뭔가 밥을 먹어야 할 거 같아서."

W는 식당 이름을 얘기하며 혹시 아는지 물어봤고, 유명한 맛집이라 미리 주문을 해놓고 갔는데도 줄서서 받느라 혼났다고 덧붙였다. 솔직히 하나도 기대하지 않았었다. Z도 그동안 내게 뭘 먹으러 가자는 둥 크리스마스 선물을 주겠다는 둥 말하곤 했지만 단 한 번도 지키지 않았기에.

처음이었다. 누군가가 내게 좋아하는 음식을 사주기 위해 줄을 서고 기다려 포장을 해온 것이. 그런 초밥을 먹어보는 것도 처음이었지만. 그래서 나는 W와 모텔로 향하면서도 재잘거리며 웃었다. '아저씨만 아니었으면 정말 좋아했을 텐데'라고 생각했다.

W와 간 모텔은 신기했다. 건물 주차장으로 들어간 그곳엔 주차 칸마다 창고처럼 칸막이가 쳐져 있었고 주차를 하고 나면 앞에 셔터가 내려와 모든 걸 가릴 수 있었다. 그 구석에는 계단과 자동정산기가 있었고 문이 하나 닫혀 있었다. 무인텔이었다. 둘 다 처음이라 자동정산기 앞에서 몇 분 동안 이것저것 누르며 허둥댔고 문이 열렸을 땐 신기해했다.

나는 모텔 안으로 들어서자마자 봉투를 열어 초밥을 바닥에 펼쳐놓았다. W는 맥주를 꺼내 땄다. 일본 맥주였다. 이 맥주가 초밥과 마셨을 때 제일 맛있다며 맥주명과 각각의 초밥이 어떤 생선으로 만들어진 건지, 어떤 생선부터 먹어야 하는지 하나하나 내게 알려줬다. 일본 여행을 갔을 때 먹어본 초밥에 대한 얘기를 해줬고, 한 번도 해외여행을 가보지 못했다는 내 말에 "너 성인 되면 같이 가자"라고 말하기도 했다.

이걸 다 먹고 나면 침대에 누워 W와 그 짓을 해야 한다는, 이 모텔에 온 목적을 잊은 채 초밥 하나하나를 입에 넣을 때마다 너무 맛있다며 호들갑을 떨었다.

마지막 남은 초밥 한 점과 맥주를 천천히 털어넣고 나서, 나는 나를 침대 위로 끌어올리는 W와 침대에 누워 그 짓을 했다. 틀어놓은 TV 소리에 귀를 기울이며 눈을 감았고, W가 빨리 끝내기를 기다렸다.

여자를 좋아했다면 다르게 살 수 있었을까? 무성애자였다면 다르게 살 수 있었을까?

안타깝게도 나는 평범했다. 암컷이라는 성을 갖고 태어났고 수컷을 좋아했다. 그리고 매번 모든 욕구에 굴복했다. 식욕이 많아 배가 부른데도 좋아하는 음식이 있으면 꾸역꾸역 먹었고 수면욕이 많아 매일 아침 늦잠을 자고 지각을 했다. 지랄맞게 성욕도 마찬가지였다. Z와 몇 번 관계를 갖다보니 어느새 욱신거림 대신 다른 낯선 느낌이 기어 올라왔다. 숨이 찼고 가슴이 터질 것 같았다. 그 느낌이 마냥 좋지만은 않아서, 그 쾌락에 굴복하면 정말 나를 놓아버릴 것 같아서 외면하려고, 무시하려고 애썼다. 방금 전에 먹었던 초밥들의 이름을 떠올리면서, 오늘 처음 마신 맥주의 이름을 떠올리면서 눈을 팔로 가린 채 입술을 깨물었다.

욕구를 다 채운 W가 사정을 하고, 내게 아프지 않았냐고 물은 뒤 내 옆에 누웠다. 나는 이불을 끌어안아 덮고 웅크린 채 괜찮다고 말했다. 멍하니 허공을 바라봤다. TV 소리가 흩어졌다. W가 나를 이불로 꽁꽁 싸 들어올린 채 안았다. 그리고 같이 TV 프로그램을 마저 봤다. 포근하고 따뜻했다. 누군가에게 안겨 있다는 게 좋았다. 그래서 방금 있었던 일을 까맣게 잊고 바로 또 웃었다.

돌아오는 길, W는 내게 이렇게 주는 게 맞는 건지 모르겠다며 10만 원을 쥐여주었고 또 다른 선물이 있다면서 작은 쇼핑백 하나를 더 내밀었다. 나와 앞으로 잘 지내고 싶다며 주는 선물이라고 했다. 처음 받아보는 선물에 어떻게 해야 할지 몰라 가만히 무릎 위에 올려두었다.

'나한테 왜 이렇게 잘해주는 거지? 나를 좋아하는 건가? 한 번밖에 안 봤는데?'

W는 어서 쇼핑백을 열어보라며 재촉했다. 쇼핑백 안에는 작은 상자가 들어 있었고 그 안엔 크리스털이 잔뜩 박힌 목걸이가 담겨 있었다. 달리는 차 안에서 들어올린 목걸이가 흔들거렸고 노란 가로등 불빛에 반사돼 하얗게 반짝거렸다. 내가 계속 목걸이를 불빛에 비춰보자 W는 좋아해서 다행이라고 말했다. 착용해보라는 말에 조수석 앞에 달린 거울을 보며 목걸이를 걸어보았다. 목걸이는 똑같이 반짝거리고 있었지만 그걸 착용하고 있는 내 모습은 뭔가 낯설었다.

"혹시 몰라서 영수증 챙겨왔는데 잘 어울리네."

"감사합니다."

나는 W가 진심으로 나를 좋아하는 거라고 생각했다. 나를 좋아하지 않으면 이렇게 할 수 없다고, 마음 없이 돈만 주고받는 관계가 욕을 먹는 거라면 W와 나는 그렇지 않으니 괜찮다고.

⇨ 34 ⇦

나는 항상 사랑을 하긴 했다. 문제는 매번 나만 해서 그렇지.

1년 정도 만났던 전 남자친구인 B는, 솔직히 남자친구라고 말하기도 뭐한 사이였다. B는 나와 다른 고등학교에 다녔는데 사귀는 동안 얼굴을 본 날이 열 손가락 안에 꼽혔다. 매번 연락이 잘 되지 않아 다투고 헤어지기를 반복해 사실 사귄 날은 반년이 채 되지 않을 거다.

　B는 기념일이나 내 생일을 단 한 번도 챙긴 적이 없었다. 매번 나 혼자 준비해놓고 언제 연락이 올지 기다리다가, 기대하다가, 연락 한 통 없어 서운해 울다가 잠들곤 했다. B가 "오늘은 볼 수 있을 거 같아"라고 연락을 했다가 갑자기 "미안해. 못 볼 거 같아"라고 해서 한 시간 정도 버스를 타고 B가 있는 약속 장소에 나갔다가 다시 버스를 타고 돌아온 적도 있었다. 매번 내가 B를 만나러 갔고, 그런 나를 B가 직접 보러 온 건 딱 한 번뿐이었다. 그런데도 나는 B를 좋아했다. 자주 만나지는 못해도 나를 좋아한다는 말은 자주 해줘서, 그 말이 매번 듣기 좋아서. 다투더라도 미안하다며 B가 나를 얼마나 좋아하는지 길게 문자를 써 보내면, 나는 매번 용서했다. 내게 애정 표현을 해주는 게 좋았다, 그냥.

　나는 어렸을 때부터 애정 결핍이 심했다. 열 살이 넘어서도 자주 장난감통에 들어가 있곤 했고, 이불을 넓게 바닥에 펼친 뒤 몸을 둘둘 말아 잠을 자곤 했다. 안는 걸 좋아했지만 나를 안아주는 사람이 없어 친구나 친구네 집 강아지를 끌어안곤 했고, 그것 때문에 친구들이 귀찮다며 나를 소외시키고 집에 초대하지 않기도 했다. 술에 취한 아빠가 종종 나를 안아주긴 했지만 엄마 아빠는 나와 하는 스킨십을 싫어했다. 내가 손을 잡고 팔짱을 끼고 안기면 밀쳐내곤 했다. 나를 안아주길 바라서 차 안에서 매번 잠든 척을 했고, 깨우지 말라는 엄마의 말에 어쩔 수 없이 아빠가 나를 안아 들면 끝까지 잠든 척을 했다.

그래서 B를 좋아한 것도 있었다. 첫 연애였고 몇 달에 한 번을 만나더라도 안을 수 있었으니까. 꼭 안겨 있으면서 어리광을 피우면 받아주곤 했으니까. 근데 W도 같은 이유로 만나게 될 줄은 몰랐다. 다른 방식으로 안겨 있긴 했지만.

⇨ 35 ⇦

나는 거의 매주 W를 만났다. 그러면서 나도 점점 변해갔다. 결국 남자들이 왜 그렇게 관계에 집착하는지 알게 됐다. 쉴 새 없이 답을 달라며 내 머릿속 가득 울려대는 물음표와 하루 종일 내 몸을 감싸고 있는 악취는 관계만 하면 사라졌다. 머릿속이 텅 비워졌고 내 몸을 버린 거 같았다. 그게 좋았다. 관계가 끝나면 매번 나를 이불로 돌돌 말아 안아주는 W의 품도 따뜻했다. 사랑을 받고 있다는 착각에 빠져 TV를 보며 수다를 떨고 웃었다.

나는 정신적으로도 점점 W에게 의지하기 시작했다. 나를 자기혐오에 빠지게 만든 장본인 중 한 명인데도 친구들과 있을 때마다 느껴지는 자기혐오가 없어서 그게 편했다. W는 Z와 다르게 내 이름도, 집 주소도, 학교도 몰랐고 내 이름이 아닌 다른 이름으로 불렀기에 랜덤 채팅 속 익명이란 가면을 쓰고 있는 것과 같았다. W 앞에선 괜찮은 척, 깨끗한 척할 필요가 없었다. 온갖 투정을 해도 됐고 온갖 말을 해도 괜찮았다. 게다가 W는 Z와 다르게 가만히 누워만 있는 내게 그 어떤 요구나 불만도 늘어놓지 않았다.

나는 밸런타인데이에 초콜릿을 준비해 W에게 건네줬고, W는 화이트데이에 사탕을 준비해 내게 건네줬다.

하루는 정말 관계 없이 만나기도 했다. 엄마와 심하게 다툰 뒤 집을 나와 갈 곳이 없어 W에게 연락했고, W는 내 연락에 약속 장소에서 한 시간 뒤에 보자더니 하얀 오픈카를 타고 나타났다. 제대로 된 바람을 쐬어주겠다며 친구에게 빌려온 거라고 했다. 처음 타보는 오픈카에 나는 신이 나 소리를 질렀고 W도 같이 소리를 질렀다. 영화 속에 나오는 장면처럼 의자에서 일어나 두 팔을 벌리기도 했다. W는 그런 나를 보며 소리 내 웃었고 위험하다며 나를 끌어내렸다. 늦은 밤 노란 가로등 불빛들이 한 줄기로 보일 만큼 빠르게 달렸고 그 아찔함이 좋았다.

그렇게 나는 비련의 여주인공이 된 것마냥 역겨운 착각에 빠져지냈다.

이게 생각 없는 어른들이 만든 책, 드라마, 영화 등의 폐해라고 생각한다.

성을 사는 성인 남자와 몸을 파는 여고생의 관계는 절대로 낭만적이지 않다.

그 과정과 끝은 처음 만났을 때의 목적처럼 더러울 뿐이다. 역겨울 뿐이다.

그 모든 게 내 착각이었다는 걸 깨달았을 때 얼마나 비참했던
지, 얼마나 외로웠던지, 얼마나 죽고 싶었던지.

▷ **36** ◁

그러면 Z는?

나는 W를 만나면서 종종 Z도 만났다. W를 만나고 나서 한동
안은 Z의 연락에 아프다고 핑계 대면서 거절하곤 했지만, 한두 달
이 지나서는 그냥 Z도 만나러 갔다. W가 해외 출장을 가거나 약
속이 있어 나를 한동안 만나지 못하면 Z의 연락에 답장을 했다.

솔직히 이때부터는 돈보다 쾌락이 더 좋아졌다. 그 남자들을 만
나 술을 마시고, 내 몸을 가만히 놔두기만 하면, 나를 놓아버리기
만 하면, 버려두기만 하면 텅 비워지니까. 그 둘이 내게 갖다 버린,
내 몸 가득 차버린 물음표와 악취들을 그 짓을 하면서 비워냈다.
어째서 나를 숨 막히게 만든 원인인 그 둘이 내 유일한 숨통이 되
어버린 건지, 어째서 그들이 내 구세주가 되어버린 건지 나도 알 수
없었다.

W를 만나고 거의 두 달 만에 만난 Z는 더 이상 내 비위를 맞추
지 않았다. 취업을 했는지 정장을 입고 있었고, 그냥 잘 지냈냐고
물은 뒤 바로 그때 그 장소로 나를 데리고 갔다. 간이 화장실과 쓰
레기봉투들이 쌓인 그곳으로. 그리고 10분도 채 되지 않아 나를

돌려보내줬다. 여전히 노란 종이 한 장만 내게 쥐어주고.

그 후로는 더 이상 울지 않는 나를, 귀찮게 달래지 않아도 되는 나를 완전히 성욕 쓰레기통으로 이용했다. 심지어 약속 시간에 만나 10분 만에 차에서 내린 적도 있었다.

그래도 나는 더 이상 잃을 것이 없었기에 나쁘지 않다고 생각하며 차에서 내렸다. 그렇게 나를 계속 잃어갔다.

⇨ **37** ⇦

내 적금통장엔 돈이 빠르게 차곡차곡 쌓여갔고 하고 싶은 것도 마음껏 할 수 있었다. 카메라를 하나 사 혼자 당일 여행을 다녀오기도 했고, 고3의 3월이 되기 전 친구들과 바다나 놀이동산으로 놀러 다녀오기도 했다.

돈은 추억도 살 수 있었다. 물론 친구들은 부모님께 받은 용돈으로, 나는 성인 남자 둘에게 몸을 주고 받은 돈으로 만든 거지만. 어찌됐든 추억은 같았다. 친구들과 나눌 수 있는 그 추억들에 만족했다.

K와 Y는 W라는 남자에 대해, 결국 내가 관계까지 하게 된 일에 대해 알게 되었다. 역시 내 쪽에서 토해냈다. 항상 붙어 다니다보니 매번 얼버무리는 게 불편해서, 아니면 그냥 하소연하고 싶어서. 하지만 매번 좋은 말만 내뱉었다.

"그래도 맛있는 걸 사다주고 (섹스를 해) 드라이브를 시켜주고

(섹스를 해) 내 이야기를 잘 들어줘 (그리고 섹스를 해). 관계할 때만 좀 그렇지 그거 빼고는 (미성년자인 나와 섹스를 하기 위해) 잘해줘."

K와 Y가 '안심하게'가 아니라 나를 정당화하기 위해서. 그래야 내 마음이 조금이라도 편해지니까. 그렇게 내가 뱉은 말을 다시 귀로 주워담아야 '그래. 괜찮아'라고 생각할 수 있으니까. 사실은 그게 전부가 아니어도.

어째서 나는 그렇게 무지했을까?

▷ 38 ◁

3월, 고3 수험생이 되자마자 평일 밤 11시까지는 학교에 갇혀 있게 됐다. 갑갑했다. 아무렇지 않은 척 하루 종일 교실 안에 앉아 있어야 한다는 게 미칠 것 같았다. 그러면서 몸이 서서히 아파오기 시작했다. 계속 합리화하고 외면하는 스트레스에 버티지 못했는지 이제 좀 그만하라며 온몸이 외쳐댔다.

여전히 캄캄한 창밖이 무서워 커튼을 치다가도 캄캄한 창밖이 익숙해 다시 커튼을 젖혔다. 바로 잠들지 못했고 어렵게 잠이 들어도 이유 없이 두세 번 이상 깨어나 가만히 울었다. 어떤 날은 매 시간 잠에서 깨기도 했다. 그리고 그만큼 많은 꿈을 꾸었다. 하루에 두세 개의 악몽을.

그 악몽들 모두 중간에 깨버려서 결말을 알 수 없었지만, 괴물에게 쫓기고 있었으니 잡혔을 거고 괴물에게 잡혔으니 죽었을 거다. 낭떠러지에서 굴러떨어졌으니 죽었을 거고 얼굴에 구더기가 가득했으니 죽었을 거다. 끝이 안 보이는 계단에서 굴렀으니 죽었을 거고 온통 하얀 꿈속에서 헤맸으니 지쳐 죽었을 거다. 잠에서 깨면 악몽처럼 그렇게 죽어버리길 간절히 바랐다.

며칠은 몸이 불덩이 같기도 했고, 며칠은 갑자기 심한 복통이와 조퇴를 하기도 했다. 또 며칠은 음식 냄새만 맡아도 구역질이 나 하루 종일 아무것도 먹지 못했다. 갑자기 그랬다가 갑자기 괜찮아지기를 여러 번 반복했다. 피임을 꼬박꼬박 했는데도 생리가 조금이라도 늦어지면 불안해 쉬는 시간마다 화장실을 들락거렸다. K와 Y를 붙잡고 어떻게 하냐며 무너지기도 했다.

그런데도 정말 미쳤는지 아픈 몸이 반가웠다. 아프면 아플수록 기뻤다. 마땅한 벌을 받는 거 같아서, 나 자신에 대한 죄책감이 조금은 나아지는 거 같아서, 차라리 이렇게 아프다 죽어도 괜찮겠다 싶어서. 하지만 하루 종일 아무것도 먹지 않고 누워만 있는 내게 매점에서 간식을 사와 책상 위에 하나둘 올려놓는 친구들 때문에, 내가 너무 아파해 조퇴를 해야 할 거 같은데 데리러 올 수 있느냐는 선생님의 전화에 한달음에 달려온 엄마 때문에 죄가 줄어들지 않았다.

엄마의 자전거를 타고 조퇴한 날, 그날은 정말 복통이 너무 심해 걸을 수도, 앉아 있을 수도 없어 기다시피 교무실로 가 조퇴를 시켜달라고 애원했다. 온 장기가 배배 꼬여 뜯어질 것만 같았다. 선생님이 엄마에게 전화를 하고 나는 얼마 전 엄마와 다툰 걸 떠올리면서도 엄마가 빨리 나를 데리러 오길 바랐다. 그리고 "어머니 금방 오신대. 어서 가봐"라고 말하는 선생님 말에 교무실에서 나와 친구들이 챙겨준 가방을 들쳐 메고 아픈 배를 쥐며 교실 밖으로 나왔다. 그렇게 교문까지 나오는 데 얼마나 걸렸을까?

교문 앞엔 얼굴이 벌게진 채로 자전거에 타고 있는 엄마가 서 있었다. 나는 어이가 없어서, 웃기기도 슬프기도 해서 주저앉아 웃었다. 엄마도 민망한 듯 웃었다.

엄마는 집까지 내리막길이니 금방 갈 수 있다며 걸어서 갈 수 있다고 우기는 나를 억지로 뒤에 태웠다. 가파른 내리막길에서 중심을 잃지 않으려고 긴장한 엄마가 엄마 허리를 붙든 내 손으로 고스란히 전해졌다. 도로가 평평하지 않아 오래된 자전거가 덜컹거리면 엄마는 민망한지 미안하다고 말하며 웃었고, 나는 괜찮다고 말하며 최대한 허리를 꼿꼿이 편 채로 엄마를 꼭 끌어안았다.

주말 저녁마다 내가 누구를 만나러 가는지 모른 채, 내가 어떤 애인지, 얼마나 역겹고 더러운 애인지 모른 채 나를 믿고 사랑해주는 그 사람들에게 그런 사랑을 받을 자격이 없는데도 받았다는 사실에 목이 메었다.

⇨ 39 ⇦

다시 일상으로 돌아온 어느 날, 야자를 마치고 교문을 나서는데 아빠에게서 전화가 걸려왔다. 동네의 자주 가는 술집에서 기다리고 있으니 같이 집에 들어가자는 전화였다. 아빠는 돈이 없다고 말하면서도 엄마를 피해 매일 늦은 시간까지 밖에서 술을 마시곤 했다.

나는 세상 제일의 불효녀라는 죄책감 때문에 아빠를 이해하려고 노력하는 중이었다. 적어도 아빠는 나보다 나은 사람이니까. 가장이고 장남이니까, 견딜 부담감이 너무 컸을 테니까. 그래서 그랬던 거라 생각하며 내 주제에 아빠를 용서하고 있었다.

친구들과 헤어지고 술집에 들어서자마자 아빠의 뒷모습이 보였다. 폭삭 내려앉은 어깨. 아빠는 혼자 술잔을 기울이며 나를 기다리고 있었다. 아빠의 어깨를 한번 감싸고 옆에 앉자, 아빠는 나를 잠시 바라보더니 바로 고개를 술병으로 돌린 채 술 한잔 하라며 소주잔을 내게 내밀었다.

내가 아무렇지 않게 소주를 받아 마시고 남은 안주를 입에 넣자 아빠는 역시 자기 딸이라며 좋아했다. 나는 "당연하지"라고 말하며 아빠와 내 빈 잔에 술을 채웠다. 아빠는 술친구가 생겨서 너무 좋다고 말했다. 몇 달만 지나면 성인이 되니, 그때는 둘이 술을 마시러 다니자고 약속하기도 했다.

그래, 여기까진 좋았다. 하지만 아빠가 다시 술잔을 비워내고, 입가에 흐르는 소주를 닦아내고, 머뭇거리다가 나를 빤히 바라보며 꺼낸 말은……

"너 원조교제 하니?"

아빠의 몸은 술에 잔뜩 취해 내게 쏠려 있었다. 머릿속이 새하

악취

얗게 굳어갔다. 애써 아빠를 바로 세우며 어떻게 딸에게 그런 말을 하냐고 되물었다. 들키지 않기 위해 울컥 화를 냈다.

아빠는 내 말에 다시 얼굴을 불쑥 내밀고, 풀린 눈을 억지로 부릅뜨며 재차 물었다.

"진짜야? 아빠 눈 똑바로 보고 말해."

아빠의 몸이 내 앞으로 고꾸라질 것 같았다. 나는 아빠의 어깨를 바로 잡고 눈을 똑바로 쳐다보며 "어"라고 대답했다. 아빠가 내 눈을 피했다. 빈 잔 안으로 소주가 쏟아졌고 넘쳐흘렀다. 만화 속 한 장면처럼 세상이 온통 새하얗게 변했다. 주말에도 밤 11시까지 야자를 한다며 거짓말하고 W와 Z를 만나러 다녔는데, 혹시 나를 봤나 싶었다.

하지만 순간이었고 이내 침착해졌다. 그냥 용돈도 안 받는데 이것저것 물건이 생기는 나를 의심해서 하는 말이라고 생각했다. 아빠는 매번 그랬으니까.

아빠는 유독 내게 엄격했다. 중학생인 내가 크리스마스 특집으로 해주는 「러브 액추얼리」를 보고 있을 때, 영화에서 섹스라는 단어가 나왔다는 이유로 갑자기 벌떡 일어나 어디서 못된 것만 배워왔냐며 손을 들어 올린 채 나를 때리러 오는 사람이었다. 고등학교 1학년 땐 야자를 마치고 친구들과 수다를 떨다 조금 늦게 집에 들어왔다는 이유로 모텔에서 뒹굴다 온 게 아니냐며 화를 내기도 했다. 순간 예전 기억들을 되짚다보니 원조교제를 하냐는 질문도 그냥 우리 아빠라서 하는 말이라는 생각이 들었다. 다른 아빠라면 용돈을 주는 게 아닌데도 딸의 물건이 늘어나면 친구들에게 선물을 받았거나, 몰래 아르바이트를 하느냐고 물을 텐데.

나는 어렸을 때 입었던 옷들을 중고나라에 판다고 말했다. (실제로 중학생 때부터 그래왔다. 안 팔려서 그렇지.) 어떻게 딸에게 그런 말을 하냐고, 하나뿐인 딸을 도대체 어떻게 생각하는 거냐고 따져댔다. 아빠는 나를 제대로 쳐다보지도 않은 채 오해해서 미안하다고 말했다.

나중에 말하겠지만, 아빠는 이미 알고 있었다.

⇨ **40** ⇦

갑자기 어느 날부터 로또라도 맞은 것마냥 돈을 펑펑 쓰고 다녔으니 아빠 말고 또 다른 누군가도 나를 의심할 수 있겠다는 생각이 들었다, 뒤늦게.

'혹시 눈치 빠른 누군가가 아빠처럼 나를 의심하면서 뒤에서 내 얘기를 하고 다니지 않을까? 쟤 원조교제 하는 거 아니야?' 하고.

덜컥 겁이 났다. 친구들이 나에 대해 전부 알게 된다면 내게서 등을 돌릴 게 분명했다. 친구들은 그런 여자들을 혐오했으니까.

체육 시간 전, 체육복으로 갈아입으면서 성매매가 화제가 된 적이 있었다. 여자 연예인들의 루머에 관해 이야기하다가 뜬금없이 방향이 그쪽으로 흘렀다. 한 친구는 몸을 파는 여자들을 이해할 수 없다며 그냥 다 걸레 같다고 말했고, 다른 친구는 더럽다며 몸서리를 쳤다. 그런 여자들 때문에 몇몇 남자가 여자를 쉽게 보는 거라며, 그런 여자들은 다 죽어야 한다는 말도 들려왔다. 모두 그런 여자들을 혐오했다.

나는 복도 쪽 창문을 멍하니 바라보고 있었다. 목소리만 들어도 알지만, 그래도 누가 어떤 표정으로 어떻게 말하는지 보고 싶지 않았다. 초점을 흐리고 우두커니 창문 밖을 바라봤다. 그러다 시선을 옮겨 신발장을 쳐다봤다. 알록달록 저마다 다른 신발들. 내 신발은 항상 제일 밑, 구석 자리에 있었다. 매번 지각을 하다보니 그곳이 내 고정 자리가 되어 있었다. 친구들의 신발과 다르게 여전히 내 신발은 흙투성이였다. 표정이 점점 굳어갔다. 서둘러 사물함에서 휴지를 챙겨 들고, 급하다며 화장실에 들렀다 가겠다고 말했다. 내가 급히 화장실로 뛰어가자 친구들이 까르르 웃었다. 쾌변을 하고 오라며 내 등 뒤로 외쳐댔다. 말없이 휴지를 흔들었다.

화장실 제일 구석 칸에 들어가 변기 위에 앉자 다리가 덜덜덜 떨려왔다. 이대로 울어버리면 충혈된 눈을 들킬까 싶어 볼 안을 깨물고 허벅지를 마구 꼬집었다. 애꿎은 휴지를 갈기갈기 찢었다. 눈치 빠른 누군가가 알아챌 수도 있다는 생각에, 빨리 아무렇지 않게 나가야 한다는 생각에 초조함이 몰려오자 다리가 더 떨려왔다. 휴지를 쥔 손이 축축했다.

이러다 모두에게 들키고 말 거란 생각이 머릿속에서 사라지지 않았다. 그렇게 된다면 그 남자들, Z와 W만 내 옆에 남고 모두 내게서 등을 돌릴 게 분명했다. 끔찍했다. 내가 사랑받고 싶어하는 사람들은 그 둘이 아니었다. 그런데 왜? 왜? 왜?

나는 도대체 왜 그 남자들을 만나고 있는 거지? 뭘 위해서?

Z를 만난 지 5개월 정도 지났을 때였다. 한 푼이라도 아껴서 빨리 그 남자들과의 관계를 끝내야겠다며 약속 장소에 갈 때마다 버스를 타고 다녔던 나는 어느새 택시에 익숙해져 있었고, 한 달에 정해진 금액만 쓰고 모두 학원비로 저금하겠다던 다짐도 무너진 지 오래였다. 그저 그 텅 비워지는 느낌만 좇았다.

텅.

텅.

텅.

뭐가 소중한지도 모른 채, 뭘 채워야 하는지도 모른 채 생각도 미래도 없이.

갑자기 다시 구역질이 났다.

⇨ **41** ⇦

평소와 같았다. 내 발로 택시에 올라탔고 기사님께 W와 매번 만나는 약소 장소로 가달라고 말했다. 변한 게 있다면, 창밖엔 추운 겨울이 지나 완전히 따뜻한 봄이 와 있다는 것. 앙상한 나뭇가지에

돋아오른 새싹들도 어느새 넓어져 푸르게 번들거렸고 곳곳엔 꽃이 피어 있었다. 알록달록 한껏 차려입고 나온 사람들이 많았고 저녁 하늘도 울긋불긋 예쁘게 물들어 있었다.

기사님이 백미러로 힐끔 나를 쳐다보셨다. 이 동네에 사는 학생들은 잘살아서 그런지 택시를 자주 탄다며 허허허 기분 좋게 웃으셨다. "학생 부모님도 '사'자 직업이셔?"라고 물어보셨다.

"두 분 다 백수예요."

허허허. 침묵이 흘렀다. 턱을 괸 채 창문밖을 바라봤다. 왜? 왜? 왜? 다시 머릿속에 물음표가 차올랐다.

'왜 또 가? 네 발로 가는 거 아니야? 네가 좋아서 가는 거 아니야? 왜 괜히 기사님께 짜증 부리는 건데?'

여전히 답을 찾지 못한 물음표와 쓸모없는 또 다른 물음표들이 머리끝까지 꾹꾹 눌려 차곡차곡 쌓여갔다. 머리가 무거웠다. 나는 늘 그랬듯이 이번에 받은 돈으론 친구들과 뭘 먹으러 갈지, 뭘 살지를 생각했다. 그렇게 생각하다보면 물음표들을 외면할 수 있었고 빨리 목적지에 도착할 수 있었다. 하지만 그날은 창밖 풍경에 계속 우울해지기만 했다. 하얀 택시에 올라타 있는 나만 여전히 추운 겨울 속에 갇혀 있는 것 같았다. 약속 장소에 도착해 계산을 한 뒤, 기사님께 괜히 화풀이를 한 것 같아 죄송한 마음에 감사하다고, 조심히 운전하시라고 평범한 학생처럼 웃으며 말했다. 그리고 택시에서 내려 또 다른 하얀 차에 올라탔다.

매번 같은 패턴.

1. W는 또 다른 맛집을 찾아 포장을 해왔다며 그 음식에 대한 이야기를 했고 2. 나는 일주일 동안 무슨 일이 있었는지 떠들어댔다. 3. 그러다 매번 오는 새하얀 무인텔에 도착하고 4. W와 W가 포장한 음식, 맥주가 든 봉투를 나눠 든 채 모텔로 들어갔다. 5. 나는 모텔에 들어가자마자 맥주가 든 비닐봉투를 열어 맥주를 마셨고 6. TV를 켰다. 7. 포장해온 음식을 바닥에 늘어놓은 채 침대에 기대 예능 프로그램을 보고 깔깔거리면서 음식을 먹었다. 8. 음식이 다 떨어지면 샤워를 하고 나왔고 9. W가 나를 들어올려 침대에 눕혔다. 10. 술기운에 제정신이 아닌 척 그 짓을 시작했다.

그날은 술을 마시고 마셔도 정신이 또렷해져만 갔다. W의 술을 뺏어들어 내가 마셔도 되는지 물었다. 하기 싫었다. 샤워를 하는데 온몸이 통째로 물에 잠긴 듯 울렁거렸고 속에 들어찬 모든 것이 몸 밖으로 쏟아질 것 같았다. 하지만 그렇게 되면 분위기가 이상해질 거란 생각에, Z처럼 W도 화낼지 모른다는 생각에 침대에 누웠다. TV를 보면서, TV 소리에 집중하면서 그냥 빨리 W가 끝내길 기다렸다. 하지만 살덩어리가 계속 TV를 가려 눈앞이 부옇게 흐려졌다. 어쩔 수 없이 눈을 감고, 어서 빨리 내 망상 속 어딘가로 들어가길, 도망치길 빌었다.

W의 숨소리, 그 숨의 방향, 내 몸을 감싸는 W의 손, 그 손의 눌림, 내 몸에 닿는 W의 무릎, 그 무릎의 감촉. 눈을 감고 있는데도

눈앞에 있는 장면이 더욱더 또렷해져갔다. 다시 눈을 떴다. 미성년자인 내 몸 위에서 자신의 욕구를 배설하겠다고 발가벗고 헉헉거리고 있는 30대 남성. 그 밑에 깔려 있는 나. 그동안 외면했던, 꾹꾹 눌러놨던 물음표들이 미친 듯이 쏟아져 나왔다.

차라리 죽었으면.

우는 모습을 보이면 혼날 거란 생각에 입술을 꽉 깨물어도 눈물이 계속 새어나왔다. 베개에 다 스며들지 못한 채 귀 안으로 계속 고였다. 벌레들이 귓속으로 파고드는 것 같았다.

이건 아니다. 이건 아니다. 이건 아니다.

나는 처음으로 싫다고 소리를 지르면서 W를 세게 밀쳤다.

▷ **42** ◁

나는 항상 똑똑한 척, 강한 척을 했지만 사실은 멍청하고 약했다. 똑똑하고 강했으면 애초에 이런 일을 만들지도 않았을 거다.

W를 밀치고 나서 나는 바로 침대에서 내려와 바닥에 떨어져 있는 교복을 찾아 끌어안았다. 커튼이 드리운 모텔 창문 아래로 가서 웅크리고 앉아 교복을 끌어안고 고개를 파묻었다. 밀치고 나서 바라본 W의 표정엔 '감히'라는 두 글자가 선명하게 드러나 있었다. 어쩌면 정말 나를 사랑해주는 걸지도 모른다고 생각했는데 그 모든 게 내 망상이었음을 처음으로 깨달았다.

W가, 이 성인 남자가 두려웠다, 무서웠다. 교복에 얼굴을 파묻

고 입술을 꽉 깨물어도, 울음을 그치려 해도, 혼날 거란 생각에, 무서움에 몸이 계속 덜덜덜 떨렸다.

"하!"

W의 어이없어하는 헛웃음이 들리더니 딸칵 라이터 켜는 소리가 났다. 담배 냄새가 모텔 방 안을 가득 채우기 시작했다.

드디어 내가 미쳤구나 싶었다. 굳이 여기까지 와서 왜 이런 상황을 만든 건지 이해가 안 됐다. 누가 강제로 시킨 것도 아니고 제 발로 왔으면서 도대체 왜.

W는 말없이 담배를 연달아 피웠다. 연기가 방 안에 가득 찼다. 기침이 날 것 같은데 기침 소리를 내면 심기라도 건드릴까 싶어 교복에 얼굴을 더 깊게 파묻었다. TV 소리가 꺼지고, 다시 딸칵 라이터 켜는 소리가 나고. 길고 긴 시간이 흘러도 W는 아무 말이 없었고 나는 계속 몸을 덜덜 떨었다. 소리 없이 담배 연기만 가득한 그곳에서 도대체 어떻게 해야 벗어날 수 있는지, 어떻게 해야 집으로 돌아갈 수 있는지, 어떻게 해야 예전의 나로, 원래대로 돌아갈 수 있는지 알 수 없었다.

마침내 정적을 깬 건 W였다. 나갈 테니 옷을 입으라 말했는데 목소리에서 화를 꾹꾹 참고 있는 게 느껴졌다. 곧이어 모텔 문이 세게 쾅 소리를 내며 닫혔다.

나는 고개를 들어 W가 나간 걸 확인했고 참았던 기침과 숨을 토해내며 끅끅거렸다. 다리를 하나하나 조심스럽게 편 뒤 손에 쥔 교복 블라우스로 얼굴을 닦고, 그 옷을 다시 펴 주섬주섬 입었다. 서러움인지 안도감인지 모를 눈물이 계속 터져나왔다. 꺼진 TV 화면 속, 그 속에 비친 내 모습이 추했다.

집에 들어오자마자 나는 방문을 걸어 잠그고 커튼을 친 뒤 침대에 누웠다. 아무것도 떠올리기 싫었고 생각하기 싫었다. 그냥 빨리 잠들고 싶었다.

늦은 밤, 잠에서 깬 휴대전화를 열어보니 멀티메시지 한 통이 와 있었다. W였다. 메시지함에 들어가 메시지를 선택하니, 몇십 줄이나 되는 긴 문장들이 휴대전화 화면을 가득 채웠다. 빼곡한 까만 글자들이 개미떼 같았다. 내용은 대충 이러했다.

그동안 몸을 파는 을의 입장인 내게 돈을 지불하는 갑인 자신이 얼마나 잘해주었는지, 그런 자신에게 오늘 내가 얼마나 무례하게 행동했는지, 오늘 일로 서로 안 보면 그만이지만 이렇게 문자를 남기는 이유는 그럼에도 나를 아껴서, 라는 말도 안 되는 소리가 구구절절 쓰여 있었다.

모텔 안에 웅크리고 있었을 때처럼 몸이 덜덜 떨렸고 눈물이 뚝뚝 휴대전화 화면 위로 떨어졌다. 그 문자는, 오래된 망상에서 벗어나 자책과 자기혐오에 지쳐 잠든 내게, 똑같은 이유로 잠에서 깬 내게 그 사실을 다시 한번 확인시켜줄 뿐이었다. 굳이 갑과 을이라는 단어까지 써야 했을까.

그 남자들과 있으면 내 악취가 비교적 옅어지는 것 같다고 생각
했는데, 이렇게 나만 잘못됐다고 말하는 걸 보니 아무래도 내게서
만 악취가 났나보다. 더러운 내가 감히 주제도 모르고 깨끗한 그들
을 불쾌하게 했나보다.

나는 답장을 했다, 죄송하다고. 똑같이 구구절절하게. 최대한 불
쌍해 보이게. 나를 불쌍한 년으로 기억하게 하려고. 그리고 W의
전화번호를 스팸 번호로 저장했다.

휴대전화를 닫고 베란다 창밖을 바라봤다. 다시 예전의 나로,
원래대로 돌아갈 수 있을지 생각하다가 서러움에 울었다.

▷ 43 ◁

W와의 조건만남을 끝내고 나서 나는 Z의 연락을 기다렸다. 돈도
쾌락도 더 이상 필요 없었지만 그냥 마무리를 짓고 싶었다. 왜 계
속 나를 속였는지, 왜 내게 5만 원만 준 건지 알고 싶기도 했다.

먼저 연락해서 전화나 문자로 물어볼 수도 있었겠지만, 역시 그
정도의 배짱은 없어서 그냥 평소처럼 만난 다음 5만 원을 주면 조
심스럽게 물어볼 생각이었다. 내 이름도, 학교도, 집도 아는 사람
이니 껄끄럽게 끝내고 싶지 않았다. 보름 정도가 지났을까, 드디어
Z에게 연락이 왔고, 나는 마지막으로 Z를 만나기 위해 약속 장소
로 나갔다.

Z는 오랜만이라며 나를 보더니 좋아했다. 그리고 예상대로 차

안에서 빠르게 그 짓을 했다. 그때 그 장소로 가서. 계절은 여름에 가까워져 있었고 저녁 시간인데도 밝았다. 차 뒤편에 서 있는 간이 화장실과 쓰레기봉투들이 선명하게 보였다.

다행히 그날도 Z는 10분도 채 되지 않아 사정을 했다. 그리고 내가 기다렸던 대로 5만 원을 건넸다. 나는 조용히 그 돈을 받아 손에 꽉 쥔 채 가만히 앉아 있었다. 차에서 내리기 바로 직전에 물어볼 생각이었다.

Z는 매번 "감사합니다"라고 말하며 돈을 받았던 내가 아무 말 없이 창밖만 바라보자 이상했던지 힐끔거렸다. 기분 안 좋은 일이 있었는지 물었고 아니라는 내 말에 주절주절 말을 걸었다.

그러다 약속 장소에 도착하고, 나는 차에서 내리지 않은 채 심호흡을 한 번 한 뒤 천천히 한 글자 한 글자 용기 내어 말했다.

"근데 왜 항상 5만 원만 주세요?"

Z의 얼굴을 똑바로 쳐다보고 말하겠노라 여러 번 다짐했는데도 그와 눈이 마주치자 고개가 저절로 푹 숙여졌다. 목소리는 기어들어가고.

'그동안 한 것도 전부 애무라고 우길까? 아니면 미안하다고 말하면서 10만 원을 줄까?'

Z는 웃었다. 그리고 여유롭게 "그루양, 다른 친구들하고 달리 오빠한테 뭘 해주는 것도 아니고 그루양은 항상 가만히 있기만 하잖아요. 그루양에게 10만 원을 주면 다른 친구들이 억울해하지 않겠어요?"라고 말했다.

솔직히 변명할 줄 알았고 미안하다는 말은 못 들을 줄 알았지만, 그래도 최소한 당황할 거라 생각했다. 적어도 양심에 찔리길 바랐다. 그런데 어이없다는 듯이 웃는 목소리에 울컥 화가 났다. 몸이 차게 식는 것 같았다. 손에 쥐고 있는 노란 종이 한 장을 가만히 내려다봤고 다시 고개를 들어 Z를 쳐다봤다. 그러자 Z도 나를 쳐다봤다.

"그러면 이제 여름인데 친구들이랑 놀러 가게 5만 원만 더 주세요."

Z는 아무 말 없이 운전대 위에 그대로 손을 올려놓은 채 나를 이상하다는 듯이 쳐다봤다. 나도 처음이자 마지막으로 Z의 눈을 피하지 않고 똑바로 쳐다보며 답을 기다렸다. 정적이 흘렀고 견딜 수 있었다. 마지막이니까.

Z는 어쩔 수 없다는 듯이 운전대에서 손을 내린 뒤 지갑에서 노란 종이 한 장을 더 꺼내 내밀었다. 아까웠는지 나를 쳐다보지도 않았다. 나는 그런 Z를 보며 애써 웃었고 "감사합니다"라고 말했다. 서둘러 차에서 내려 문을 닫았다. 세게 쾅 하고 닫아버리고 싶었지만 손에 힘이 들어가지 않아 끝까지 눌러 닫았다. 심장이 마구 뛰었고 울컥 눈물이 쏟아져 나왔다. 뛰다시피 하며 그 자리를 도망쳤다. 혹시라도 나를 쳐다볼까, 우는 걸 들킬까 싶어 두 손을 꼭 쥐었다.

그게 마지막이었다.

난
도
질

†

인간이기 때문에 추락하는 것이고

살아 있기 때문에 추락하는 것이다.

인간은 추락할 수 있는 데까지 추락해야 한다.

떨어질 데까지 떨어져서

자기 자신을 찾아내고 구원해야 한다."

_『타락론』중에서

⊳ **44** ⊲

악취가 더 짙어졌다. 그 남자들을 만나지 않으면, 그 둘을 끊어내면 악취도 사라질 거라 믿었는데 아무것도 달라지지 않았다. 이유 모를 불면증도, 악몽도, 복통도, 내 자신이 더럽다는 생각도, 쉴 새 없이 떠들어대는 물음표도 전부 다 그대로였다. 그게 이해가 안 됐다.

아침 종례 시간이 끝나자 친구 하나가 면세점에서 아빠가 사왔다며 가방에서 향수를 꺼내 뿌렸다.

"봐. 좋지."

그 향을 시작으로 그날 아침 대화 주제는 향수가 되었다. 몇몇 친구가 사물함에서 너도나도 향수를 꺼내와 뿌리며 향을 비교했다. 교실 안은 온통 향기로 가득 찼고 나도 그 틈에 끼어 향을 맡았다.

친구들에겐 항상 좋은 향이 났다. 굳이 향수를 뿌리지 않아도 환하고 달콤한 향이 나는 걸 그들은 모르는 것 같았다.

"나도 뿌려주라."

친구 하나가 갖고 있던 향수를 내 손목에 뿌렸다.

"이거 어때? 좋지?"

또 다른 친구 하나도 내 반대쪽 손목을 잡고서 향수를 뿌렸다.

"이것도 괜찮지? 이제 여름인데 무겁지도 않고. 너한테 잘 어울리는 거 같아."

주위에 있던 다른 친구들이 너도나도 내 손목에 뿌려진 향수를 맡으며 어떤 향수가 내게 더 잘 어울리는지 얘기했다.

친구들은 정말 아무것도 몰랐다, 그동안 내가 뭘 하고 다녔는지. 주말마다 학교를 마치면, 교문 밖으로 나가면, 택시를 잡아타고 어디로 갔는지. 다행이다 싶으면서도 죄책감이 들었다.

학원비를 모으던 통장엔 목표한 금액이 찍혀 있었다. 하지만 가지 않았다. 아니, 애초에 부모 허락 없이 아르바이트도 못하는데 어떻게 학원에 등록할 수 있다고 생각했던 걸까. 그 돈이 어디서 어떻게 생긴 건지 말할 수도 없으면서. 그냥 나는 앞뒤 생각하지 않고 일단 돈만 생기면 다 해결될 거라고 생각했던 거다. 그런데 이제는 그 돈이 싫었다. 없애버리고 싶었다. 그 남자들에게 받은 돈이 사라지지 않는 악취의 원인이 된 것 같아서.

나는 적금을 깼고, 향수를 하나 샀다. 그런데도 악취는 덮이지 않았다. 여전히 Z의 진한 향수 냄새가 나고, 간이 화장실과 쓰레기

더미가 있던 그곳의 냄새가 나며, 매주 W와 갔던 모텔 방의 냄새가 나는 것 같았다. 억울했다. 나는 절대로 좋은 향을 갖지 못할 텐데, 그런 척할 뿐일 텐데, 친구들은 가졌으면서도 계속 더 가지려고 하니까.

친구들이 갖고 있는 모든 것을 나도 갖고 싶어졌다. 아니, 그 이상을 원했다. 나를 팔고도 본전이면 비참하니까. 뭐라도 눈에 보이는 게 필요했다. 향수를 사고, 화장품을 샀다. 지갑을 사고, 옷을 샀다. 이것저것 가진 게 많아질수록 더 비참해지는 이유도 모른 채, 그냥 계속 부족하다고 생각하며 밑 빠진 독에 물을 붓듯이 그렇게 돈을 썼다. W에게 받은 목걸이도 내 목을 계속 조이는 것 같아 그 강에 가 던져버렸다.

그런데도 계속 악취가 났다. 목이 계속 갑갑했다. 아직도 그 목걸이가 나를 채우고 있는 것 같다.

▷ 45 ◁

어느새 나는 모순덩어리가 되어 있었다. 원래부터 말이 많고 과장스러웠던 나는 친구들과 야한 농담을 주고받을 때도 아무렇지 않게 더 리얼하게 말하기 시작했다. 친구들이 깔깔거리며 웃고, 내게 더럽다며 야유하고, 그만하라며 나를 툭툭 치면 이상하게 기분이 나아졌다. 내가 더럽다는 걸 조금씩 내뱉으면서 친구들을 속이는 게 아니라고 여겨지면 안심되고 후련했다. "그게 뭐야?"라고 물으며 성에 대해 아무것도 모르는 순수한 친구들이 있으면 옆에 두고 싶었다. 그런 친구들이 나를 안아주며 용서해주길 바랐다.

악취를 감추고 싶어하면서 동시에 티를 내고 싶었고, 그러면서 내게도 향기가 나길 원했다.

집으로 돌아오면 교복을 아무렇지 않게 바닥에 벗어뒀고 엄마가 내 방문을 열고 들어와 오늘 하루 있었던 속상한 일들을 하소연하며 교복을 옷걸이에 걸려 하면 그만 좀 하라며 화를 냈다. 교복을 뺏어들고 다시 바닥에 내던졌다. 방문을 걸어 잠근 뒤 베란다 앞에 웅크리고 앉아 울었다. 죽고 싶은 마음을 진정시키기 위해 일기를 썼다. 학교에서 있었던 재미난 일들을 되짚어가면서 날짜에 맞춰 적었고, 그래도 진정이 안 되면 맨 뒷면에 있는 메모장에 힘들다고, 죽고 싶다고 적었다. 시계 초침 소리가 나를 손가락질하며 수군거리는 것 같아 건전지를 빼놓은 채 침대에 누워 뒤척였다. 여전히 이유 없이 잠에서 깨고 악몽을 꿨다. 이제 다 끝났는데도 물음표들이 답을 달라며 계속 머릿속에서 웅웅 울려댔다. 악취를 걷어낼 수 없었고 몸은 계속 축축했다.

학교에서의 내 모습과 방 안에서의 내 모습, 일기장에 적힌 하루와 메모장에 적힌 하루, 그 둘 중 어떤 모습이 진짜 나인지 혼란스러웠다.

예전의 나로 돌아갈 수가 없었다.

눈앞에 없는 것들, 실존하지 않는 것들이 무서워졌다. 아직 내게 일어나지 않은 일인데도 의심하고 걱정하며 불안해했다.

스마트폰을 쓰기 전, 내 휴대전화는 2G였고 휴대전화엔 스팸 문자함이 따로 있어 스팸 문자 내용을 볼 수 있었다. 스팸 번호로 전화가 와도 통화 목록에 빨간 글씨로 차단된 번호라고 떴다.

Z와 W. 그 둘은 내게 연락을 하고 있었다.

스팸 문자함엔 언제 볼 수 있는지, 왜 연락이 안 되는지부터 내가 그립다는 말, 돈을 더 주겠다는 말이 적혀 있었다. 나는 주기적으로 스팸 문자함에 들어가 그 쓰레기들을 확인하고 비워냈다.

눈앞에 없는데도 여전히 존재하는 그 남자들이 두려웠다. 휴대전화가 울리면 그 남자들일까 싶어 매번 심장이 철렁 주저앉았고, 길을 걷다가도 Z나 W의 차종이 지나가면 몸을 돌린 채 숨었다. 왜 연락이 안 되냐며 나를 찾아올 것만 같았다.

특히 Z의 차종이 지나가면 그랬다. W와 다르게 Z는 내 이름, 나이, 집, 학교 등 모든 정보를 알고 있었으니까. 마음만 먹으면 나를 찾아올 수 있을 것 같았다. W는 한두 통 문자를 보내오다가 잘 지내라는 문자를 마지막으로 더 이상 연락하지 않았는데, Z는 잊을 만하면 계속 문자를 보내왔다.

Z에 대한 두려움은 악몽으로 눈앞에 나타나기도 했다. 학교 교문 앞에서 나를 기다리고 있는 Z의 차, 그걸 보고 굳어 있는 나, 그

리고 그런 나를 모든 친구가 외면하면서 줄줄이 지나가는 꿈. 아무
도 없는 도로 한가운데서 Z의 차에 쫓기는 꿈.

다 지난 일인데도, 다 끝난 일인데도 그때의 기억들이 눈앞에 있
는 것처럼 불쑥불쑥 떠오르기도 했다. 내 몸을 훔치는 그 손들이,
내 몸을 짓누르는 그 몸들이, 내 몸을 스치는 그 숨들이, 속삭임들
이, 탄식들이. 그런데도 그 둘에게 안겨 있던 내가, '왜 그랬을까?'
하는 물음표가, 더러운 악취가.

⇨ 47 ⇦

Z와 W를 만나기 전 부모님의 지인인 20대 후반의 남자 선생에게
잠깐 과외를 받은 적이 있다. 그 선생은 나와 수다 떠는 걸 좋아했
는데, 어느 날은 내게 자기 친구가 여자친구와 관계하는 동영상을
보여줬다며 깜짝 놀랐다고 말했다. 그러면서 내게 남자를 만날 때
는 항상 조심하라고 당부했다. 몰래 찍힐 수 있다고. 나중에 혹시라
도 남자친구가 관계 도중 동영상을 찍어보자고 조르면 절대 넘어
가지 말라고 말하기도 했다. 생각보다 꽤 많은 남자가 그렇게 촬영
을 해서 친구들에게 보여주고 불법 동영상 사이트에 올리기도 한
다고. 내가 여자라서 모르는 거지 그런 남자들은 한둘이 아니라고.

Z와 W도 나를 찍었다. 관계를 할 때마다 눈을 감고 있던 나를,
숨죽여 몰래. 나를 훔치는 두 손이 없어서, 한 손이 없어서, 갑자
기 플래시가 터져서, '찰칵' 하는 소리가 나서 눈을 떴을 때 나를

찍고 있던 그 둘.

Z는 두 손으로 휴대전화를 꽉 감싼 채 나를 찍고 있었다. '찰칵' 소리가 새어나오지 않게 플래시를 터트리며. W는 한 손으로 휴대전화를 꽉 잡고 나를 찍고 있었다. '찰칵' 소리와 함께.

깜깜한 차 안, 플래시에 놀라 눈을 뜬 내게 Z는 당당히 "얼굴은 안 찍었어요"라고 말했고, "찰칵" 소리에 놀라 눈을 뜬 내게 W는 "이게 왜 소리가 나지? 미안"이라고 말했다. 둘 다 땀을 흘리고 있었다.

지워주면 안 되냐고 애원하는 내게 Z는 "다른 친구들은 찍어서 보내주기도 하는데. 진짜 그루양 얼굴 안 나왔어요"라며 찍은 사진을 보여주려 했고, 아무 말 없이 멍하니 앉아 있는 내게 W는 서둘러 "지울게"라고 말했다.

그 둘이 정말 지웠는지는 확인하지 못했다. 정말 지웠냐고 묻는 말에 정말 지웠다며 휴대전화 사진첩을 슬쩍 보여주긴 했지만.

Z의 집에 갔을 때, Z는 나를 거실에 세워놓고 자기 방과 안방을 왔다갔다했다. Z의 차 안에 있는 블랙박스는 시동이 꺼진 깜깜한 차 안에서도 계속 붉은빛을 깜빡였다. 그 모든 게 신경 쓰이긴 했지만 나는 아무 말도 하지 못했다.

Z, W와의 조건만남을 그만두고 나서 나는 한동안 불법 동영상 사이트에 들어가 그 끝없는 바닷속을 헤매고 다녔다. 나를 찾기 위해서.

당신은 아는가? 그곳엔 다양한 교복을 입은 학생들이 있다는 사실을. 지역과 학교 이름, 학년, 그 학생의 이름까지 적어놓은 제목들도 있다는 사실을. 영상을 찍는 남자들의 얼굴은 볼 수 없지만 찍힌 여자들의 얼굴은 크게 확대되어 이곳저곳 떠돌아다니고 있다는 사실을.

불법 동영상 사이트에 들어가 내 이름을 검색했다. 학교 이름을 검색했다. 내가 사는 지역을 검색했다.

내 이름은 나오지 않았고 내가 다니는 학교 이름도 나오지 않았다. 하지만 내가 사는 지역에 사는 여자들이 우르르 몰려나왔다. 이름이나 나이와 함께, 또는 학교 이름과 함께.

나는 다시 나를 찾는다. 인기 검색어에 있는 '교복'을 클릭한다. '고딩'을 클릭한다.

수많은 여학생이 나타났고 나를 찾기 위해 페이지를 넘기고, 넘기고, 또 넘긴다. 그런데도 페이지가 남아 있다. 그러면 나는 컴퓨터를 끄고 만나보지도 못한 그 아이들 걱정에 다시 악몽을 꿨다. 그리고 누군가는 여전히 그들을 보며 욕구를 해소한다.

나는 아직도 가끔 그런 사이트에 들어간다. 내 이름을 검색한다. 출신 학교를 검색한다. 내가 사는 지역을 검색한다.

어딘가에서 내 모습도 떠돌아다닐 거 같다. 벌거벗은 채로. 이름도 성도 모르는 그 두 남자에게 찍혀, 누군지도 모르는 남자들에게 보이고 있을 것 같다. 무섭다.

악취

고등학교 마지막 여름방학이 시작됐다. 그리고 나는 그 주 주말부터 봉사를 하러 다녔다.

나는 그 시간을 좋아했다. 깨끗해지고 싶었고 악취를 어떻게든 떨쳐내려고 몸부림치고 있었으니까. 나는 내 악취가 조금이라도 희석되길 바라는 마음으로 봉사를 시작했다.

한여름 좋은 일을 하면서 땀을 흘리는 것도, 그곳에 있는 어른들에게 칭찬을 듣는 것도 좋았다. 그곳 사람들은 나를 몰랐고 그들 앞에서 나는 그저 착한 학생일 뿐이었다. 그게 좋아서 더 열심히 했다. 지저분한 일들도 팔을 걷어붙이고 내가 하겠다며 나섰다. 쓰레기도, 음식물 쓰레기도 손으로 줍고 훔치며 "씻으면 돼요. 괜찮아요"라고 말했다. 내가 맡은 일이 끝나면 다른 일을 찾아다니며 도왔다. 어른들은 그런 나를 보며 보통 학생들과는 다르다며 허허허 웃으셨고 나는 순간 멈칫하다가 하하 어색하게 웃었다.

나는 정말 내가 좋은 사람이 된 것만 같은 착각에 빠져 혼자 여름방학 내내 봉사를 다녔다. '나는 원래 이런 사람이었어.' 그렇게 생각했다.

길을 걷다가 도움이 필요한 분이 있으면 바로 가서 손을 내밀었고 길에서 사는 분들을 보면 갖고 있던 돈을 나눠드리기도 했다. 버스에 타신 할머니가 가방에서 동전지갑을 찾느라 뒷사람들에게 핀잔을 듣는 모습을 봤을 땐 할머니 대신 돈을 내드리고 손을 잡은 뒤 좌석에 앉혀드리기도 했다. 자리에 앉으신 할머니가 동전지 갑을 찾아 고맙다며 우수수 동전을 쥐여주시며 내리실 때까지 계속 나를 칭찬해주셨다.

나는 그렇게 누군가를 도왔다는 뿌듯함에, 좋은 일을 했다는 만족감에, 나는 원래 이런 사람이었다며 안심했다. 다시 돌아온 거라고, 제자리를 찾은 거라고 좋아했다. 그렇게 좋은 일에 집착하기도 했다.

나는 더러운 애니까 다시 깨끗해지려면 남들보다 좋은 일을 더 많이 해야 한다고. 내가 되돌아갈 방법은 그것뿐이라고. 하지만 어쩔 수 없이 남을 도와주지 못하고 지나쳐야 하는 상황이 오면 다시 자책으로 빠졌다.

'봐봐. 역시 너는 나쁜 애야. 더러운 사람이야. 네가 깨끗해질 수 있다고 생각해? 역겨워.'

⇨ 49 ⇦

여름방학이 끝나고 고3 2학기가 시작되면서 대학에 수시로 지원했다. 빨리 대학에 합격해야 학교도 집도 나를 내버려둘 것 같았다. 나에 대해 아무것도 모르면서 내 미래를 위한답시고 하는 말들이 지겨웠다. 그리고 내 바람대로, 한 달 뒤 대학에 합격하자 엄마와 아빠, 선생님 모두 나를 내버려두게 됐다.

그리고 열아홉 가을, 드디어 1년 만에 아르바이트하는 걸 엄마에게 허락받았다. 딱 그 시점이었다. 솔직히 기쁘기도 했지만 원망스럽기도 했다. 1년 전 그때 그냥 나를 믿고 허락해줬더라면 지금쯤 어땠을까 하고. 선택은 내가 한 거지만.

나는 허락을 받자마자 바로 구직 사이트에 들어가 일을 구했다. 교통비와 식비를 아낄 겸 동네 레스토랑에 지원했고 이튿날 운 좋게 바로 면접을 보러 오라는 연락을 받았다.

"부모님께 허락은 받은 거죠?"

"네."

급하게 편의점에서 구매한 이력서를 들고 교실로 돌아와 막바지 수능 공부를 하는 친구들 틈에서 이력서를 작성했다. 그동안 뭔가 많은 걸 겪은 거 같은데 ○○고등학교 재학 중 말고는 적을 게 없었다. 급식실로 향하는 친구들에게 응원을 받으며 교문 밖을 나섰다. 쌀쌀한 저녁 가을 공기가 기분 좋았다.

면접을 보기로 한 레스토랑 건물 화장실에 들어가 거울을 보며 머리를 묶을까 말까를 한참 동안 고민했다. 엘리베이터를 탔다가 다시 건물 밖으로 나와 친구들에게 전화를 걸어 떨린다고 설레발을 치기도 했다. 면접을 보기로 한 시간이 거의 다 되어서야 머리를 묶고 계단으로 올라갔다. 계단 창문으로 얼굴을 한 번 더 확인한 다음 쭈뼛거리며 가게 안으로 들어갔다.

면접은 간단했다. 그리고 매니저는 주말부터 출근하라며 내게 종이 한 장을 내밀었다.

"어차피 몇 달만 지나면 성인이니까 의미 없는 것 같은데, 뭐 아직은 미성년자니까. 부모님과 작성해서 출근 날 가져와요."

그 종이엔 미성년자인 내가 아르바이트를 하는 것에 동의하느냐는 간단한 내용이 적혀 있었고, 그 아래엔 부모님의 연락처와 서명을 적는 난이 있었다.

내 잘못이지만, 되돌릴 수 없지만, 고작 이 종이 한 장 때문에 일을 구하지 못하고 Z에게 이용당했다는 게, 나 또한 법적으로는 범법자라는 게 슬펐다. 내가 피해를 준 건 오로지 나 자신밖에 없는데.

첫 출근 날, 엄마의 서명이 적힌 그 종이를 매니저에게 건네자 매니저는 엄마와 간단히 통화한 후 나를 정식으로 채용했다.

첫 아르바이트, 첫 사회생활, 그곳에 있는 낯선 사람 모두가 좋고, 모든 게 신기하고 재미있었다. 잘하고 싶었다.

처음에는 그릇들이 너무 무거워 그릇 하나를 서빙하는 것도 기존에 있던 사람들에게 도움을 받고, 깨뜨리고, 손님이 없을 때마다 연습을 했지만 나중에는 그릇 위에 그릇을 쌓아 들고 가 서빙을 할 수 있게 되었다. 서빙만 해도 되는 일이지만 일이 없으면 주방 이모들을 대신해 설거지도 했고 같이 일하는 오빠들을 쫓아다니며 무거운 물건을 옮기는 것도 도왔다. 나중에는 남자가 할 수 있으면 나도 할 수 있다며 낑낑거리며 혼자 하기도 했다.

주말 아르바이트였지만 평일 저녁에도 예약이 많거나 바쁘다고 연락이 오면 친구들과의 약속을 미루고 가서 일을 했다. 바쁜 곳

악취

이라 항상 할 일이 넘쳤지만 그만큼 정신을 다른 곳으로 돌릴 수 있어 좋았다. 몸이 고단해지니 침대에 누우면 바로 잠들 수 있었고 중간에 깨지 않았다. 악몽을 꾸는 날이 줄었고 속이 갑자기 뒤틀리는 증세도 사라졌다. 몸을 움직이면 움직일수록 내 몸을 되찾아가는 것 같았다. 두 발로 뛰고 두 손을 움직이며 땀 흘리는 내 몸이 좋았다.

그렇게 주말 이틀 동안 풀타임 근무를 하고 받는 한 달 아르바이트 임금은 Z와 W에게 한 달 동안 받았던 액수와 비슷했다. 한 주에 단 이틀. 같이 일하는 사람들과 웃고 장난치고, 밥을 먹고 땀 흘리며 떳떳하게 벌 수 있는 돈. 1년 전의 내가 고작 이만큼의 돈을 벌기 위해 그런 짓을 했다는 게 믿기지 않았다. 통장에 찍혀 있는 금액을 보며 집에 돌아와 펑펑 울었다. 내가 너무 싫었다.

직장을 다니던 그 둘에게 5만 원, 10만 원은 얼마나 푼돈이었을까? 고작 그 돈을 얻기 위해 나를 판 나는 얼마나 어렸던 걸까.

⇨ **50** ⇦

고3 2학기가 시작되면서 또 다른 변화가 함께 찾아왔다. 전 남자친구인 B에게 1년 만에 다시 연락이 온 것이다.

모든 게 다 정리되고 나서야 보고 싶다고. 그러더니 자신의 힘들어진 가정사를 이야기했다. 힘들어지니까 다시 내가 생각난 것 같았다.

B는 나와 다시 만나고 싶다고 얘기했다. 앞으로 잘하겠다고. 이번엔 진짜라고. 하지만 내키지 않았다. 내가 누군가를 만나도 될지, 누군가를 사랑하거나 사랑을 받아도 될지 두려웠다. 한 달이란 시간이 넘게 거절하고 또 거절했다.

B는 몰랐겠지만 사실 나는 늘 B의 연락을 기다리고 있었다. Z에게 답장을 했던 날에도, Z를 처음으로 만나러 간 날에도, 그해 크리스마스이브에도, 크리스마스에도. 어쩌면 B가 다시 돌아왔기 때문에 Z와 W를 완벽히 정리했던 걸 수도 있다.

나는 다시 B를 만났다. 이번에는 진짜 연애를 하는 것 같았다. 예전과 다르게 내겐 시간과 돈이 충분히 있었다. 한 시간도 넘게 걸리는 버스 대신 B의 일정에 맞춰 택시를 타고 가 얼굴을 볼 수 있었고 데이트 비용도 낼 수 있었다. B도 이번엔 정말로 나를 좋아하는 것 같았다. 예전과 다르게 매일 문자를 주고받고 통화를 했으니까. 어쩌면 내게 의지했을 수도 있겠다.

하지만 내게 문제가 생겼다. 자주 만나다보니 둘이 붙어 있게 되는 시간이 많아졌고 그때마다 B가 "아직까지는 너를 지켜주고 싶어"라는 말을 했다. B는 내가 깨끗한 줄 알았다. 자기 말고는 아무런 경험이 없는 줄 알았다. B가 그런 말을 할 때마다 나는 입을 꾹 닫고 가만히 있었다.

'B에게 말을 해야 할까?'

B를 속이고 있다는 게 찝찝했다. B가 좋아하는 나는 실제의 나

와 다른 것 같아서, 그런 말을 들을 때마다 비참해졌다. 차라리 솔직하게 다 털어놓은 다음 버림받는 게 낫겠다는 생각을 했다. 아니, 어쩌면 모든 걸 알고서도 나를 좋아해주는 사람이 있지 않을까, 확인받고 싶었는지도 모르겠다. 나는 며칠 동안 B를 끊임없이 떠봤다.

"내가 사실은 아주 큰 범죄를 저지른 사람이야. 그래도 나 좋아할 거야? 내가 살인을 했어도? 만약 내가 엄청 더러운 사람이면? 예를 들어 내가 몸을 팔고던 사람이라면? 그래도 나 좋아할 거야?"

B는 내 모든 질문에 "응"이라고 대답했다. 내가 무슨 일을 했어도, 내게 무슨 일이 있었다 해도 항상 내 편일 거라고. 나는 그 말을 믿었다.

결국 나는 B에게 사실대로 털어놨다, B의 침대에 앉아서.

"나 너랑 헤어져 있는 동안 조건만남 했어."

B는 베개를 끌어안고 있었다. 아무 말 없이 가만히. 그러다 내 눈을 피했다. 방 안은 전등이 꺼져 있었고 겨울이었다. 저녁 시간인데도 어두워 노란 가로등 불빛이 창문으로 새어 들어왔다.

심장이 주저앉았다. 서운함과 속상함에 눈물이 주르륵 흘렀다. B는 그제야 나를 안아주며 달랬다. 괜찮다고, 걱정하지 말라고. 그러고 나서 일주일간 연락이 되지 않았다. 내 문자나 전화에 아무런 답이 없었다.

일주일 후 B에게 먼저 연락이 와 택시를 타고 울다시피 하면서 B

를 만나러 갔을 때, B는 생각할 시간이 필요했다고 했다. 너무 당황
스럽고 화가 나고 내게 실망해서. B는 앉아 있었고 나는 서 있었다.

"그래서 생각 다 했어?"

"응. 괜찮아 이제."

나는 일주일 동안 매 순간을 어떻게 보냈는지 다 잊어버린 채,
다행이라고 생각하며 안심했다.

⇨ **51** ⇦

스무 살. 성인이 됐다. 아르바이트와 연애에 빠져 지내다보니 정말
눈 깜짝할 사이에 시간이 흘렀다. 그리고 나는 1월 1일 새해가 됐
다는 이유로, 스무 살 성인이 됐다는 이유로 모든 권한을 갖게 됐
다. 일을 마음껏 할 수 있었고 내 이름으로 휴대전화 명의도 바꿀
수 있었다. 술을 마음껏 사고 마실 수 있었다.

아르바이트 시간을 제외하면 항상 친구들을 만나거나 B를 만났
다. 그때부터 나는 브레이크를 걸지 못했다. 계속 내달렸다. 쉴 새
없이. 그 변화가, 그 속도가 좋았다. 악취가 나를 쫓아오지 못했다.

가끔 일하는 곳이나 술집에서 Z나 W와 비슷한 남자라도 보면
숨었지만 괜찮았다. 아니라는 걸 알게 되면 하하하 웃으며 다시 일
하고 술을 마시면서 기억을 밀쳐냈다. 그렇게 두 달을 지내며 익숙
해지고 다시 악취가 나태해진 나를 쫓아올 즈음엔 대학이라는 새
로운 변화가 생겨 또다시 악취를 따돌릴 수 있었다.

나는 학교 수업 시간과 아르바이트 시간, 자는 시간을 제외하고는 항상 대학 친구들을 만나 술을 마셨다. 활기찬 분위기가 좋았고 술에 취해 서로 힘든 이야기를 하며 돈독해지는 그 시간이 행복했다.

B는 다른 지역에 있는 대학에 가게 되면서 예전처럼 다시 연락이 소홀해졌고, 나는 그걸 못 견뎌했다. 다툼이 잦아졌고 결국 헤어졌다. 나는 또 나 자신을 원망했다. 내 더러운 과거를 알고도 이해해준 사람인데 내 주제에 너무 많은 걸 바랐다고. 그냥 참을 걸 그랬다고. 취중에 전화해 오랫동안 B에게 집착하기도 했다.

"응. 괜찮아 이제." 이 말이 계속 생각나서.

하지만 B는 돌아오지 않았다.

⇨ **52** ⇦

B와 헤어지고 일 하나를 더 구했다. 평일엔 학교에 갔다가 동네 호프집에 가서 일했고, 주말엔 여전히 레스토랑에 가서 종일 근무로 일을 했다. 경험상 머릿속을 비울 수 있는 방법 중 가장 효과적인 게 몸을 혹사시키는 것이라 그랬다.

호프집 일은 재미있었다. 조금 정적인 레스토랑 일보다 활기찼고 벨이 울리면 이곳저곳 바삐 뛰어다니는 게 신났다. 손님들도 똑같이 활기찼고 신이 나 있었다. 하지만 일부 남자 손님들로 인해

순간순간 다시 과거로 돌아갔다. 그들은 섹스에 대한 이야기를 서슴없이 크게 떠들었다. 여자친구와 관계를 한 이야기, 원나이트를 한 이야기를 아무렇지 않게 친구들에게 자랑하듯이. 그리고 그걸 듣는 남자들은 부러워했다. 어떤 남자는 소개받은 여자의 사진을 친구에게 보여주며 가슴 크기에 대해 말했고, 쉽게 관계를 가질 수 있을 것 같냐고 물어봤다. 휴대전화를 넘겨받은 친구는 사진 속 여자가 아베크롬비를 입고 있다는 이유 하나로 "그런 여자 대부분이 걸레라 따먹기 쉬울 거"라고 말했다. "따먹고 나서 후기를 말해달라"고 덧붙이면서. 그렇게 말하는 그 남자도 사진속의 여자와 같은 브랜드의 바지를 입고 있었다.

당시 스무 살, 내 주변 대부분의 여자친구는 남자친구와 관계를 했더라도 친한 친구 몇몇에게만 이야기했고 취중에 원나이트를 했더라도 실수라며 자책하고 겁부터 먹었다. 남자 소개를 받더라도 여자 관계가 복잡하진 않을지, 주변에 나쁜 친구들은 없을지, 술이나 클럽을 지나치게 좋아하는 건 아닐지 등을 고민했다. 여자들이 아베크롬비 옷을 입는 이유는 단지 예뻐서 유행을 따른 것이지 '걸레'여서가 아니었다.

나는 그런 대화를 하고 있는 손님들에겐 일부러 음식을 탁탁 놓으며 까칠하게 굴었다. 빤히 쳐다보며 눈치를 줬다. 하지만 그들은 나를 힐끔 쳐다볼 뿐 별다른 신경을 쓰지 않고 이야기를 이어갔다.

"그래서 언제 만날 건데? 야, 일단 만나면 무조건 술 마시러 가고 술 많이 먹여."

몇몇 남자는 성희롱에 대해 아예 무지하기도 했다. 당해보지 않았으니, 본인이 당할 거라는 생각을 해보지도 않았으니 그게 얼마나 무섭고 수치심이 드는 일인지 전혀 모르는 듯했다. 재미있는데 왜? 장난인데 왜? 이런 반응을 보였다.

처음으로 아르바이트를 하다 성희롱을 당한 날, 그날은 단체 예약 손님이 있었다. 다른 식당에서 회식을 하고 2차를 온 20, 30대의 남자 손님 일곱 명 정도였다. 우르르 가게 문을 열고 들어왔을 때부터 술과 담배 냄새가 확 풍겼고 자기네끼리 계속 낄낄거리고 있었다. 나는 예약한 손님들이 맞는지 확인한 뒤 ㄷ 자 모양의 소파가 있는 자리로 안내했다. 3000씨씨 생맥주부터 빨리 갖다달라고 말했고 나는 주문을 넣고서 맥주를 따랐다. 낑낑대며 들고 가 테이블 가운데 자리에 올려놓고 서둘러 잔을 가지러 갔다.

"아, 여기, 여기에다가 놔줘요. 내가 소맥을 말 거라."

열 손가락 가득 맥주잔을 들고 돌아온 내게 제일 안쪽 가운데에 앉은 손님이 테이블을 탁탁 치며 말했다. 내가 머뭇거리자 가장자리에 앉은 손님이 지나가라며 다리를 바깥으로 비켜주었다. 비켜준 자리에 서서 최대한 손을 멀리 뻗어 잔을 놓으려 하자 다시한번 가운데 앉은 손님이 테이블을 탁탁 쳤다.

"여기, 내 앞에 갖다줘야지."

전달을 해도 될 텐데 다들 웃으면서 가만히 앉아 있었다. 아마 그 사람이 상사였을 것이다. 내가 잔을 내려놓으려 했을 때 그중 한 명이 눈치를 보더니 손을 거두고 지나가라며 다리를 옆으로 피해줬다. 결국 나는 그 가운데 남자 앞에다 잔을 놓아줬다. 그리고 다시 서둘러 나가려 하자 그 남자가 갑자기 "같이 놀아요"라며 내 손목을 확 잡아당겼다. 내가 중심을 잃고 옆에 있던 손님의 무릎 위로 넘어지자 모두 박수를 치며 웃었다. 하하하.

내가 당황하고, 무서워하고 수치심에 어쩔 줄 몰라하는데도 웃었다.

"못 나가게 막아. 막아."

바깥으로 다리를 비켜준 손님이 다시 다리를 제자리에 놓은 채 나를 막아 세웠다. "에이, 같이 놀다 가!" 그들에겐 내가 유흥거리인 것 같았다. 얼이 빠진 채 홀을 둘러보며 도와줄 사람을 찾았다. 다행히 음식을 서빙하러 온 오빠가 급히 음식을 테이블 위에 내려놓은 뒤 내 팔을 끌어당겨 그 자리에서 빼내주었다. "이러시면 안 됩니다." 남직원인 오빠가 불편한 표정을 짓자 그제야 모두 머쓱해하며 조용해졌다. 내 팔을 잡아당겼던 가운데 남자가 "아가씨가 귀여워서 장난 좀 친 거예요"라고 말하며 웃었다. 오빠는 계산대로 나를 데려가 술 취한 손님들이 그런 거니까 너무 신경쓰지 말라고 말했다.

사실 나는 그런 점보다 1년이 지났는데도 여전히 아무 말도 못하는 내게 화가 나 있었다.

그런 사람들에게 화를 낼 수 있고 싸울 수 있게 된 건 그로부터 한참이 더 지나서였다. 수십 개의 아르바이트를 하고 마지막에 싸운 남자가 했던 말처럼 20대 후반, 사회에 때 타고 닳고 닳아서야.

학교 술자리, 남자들 테이블에선 성매매 얘기가 당당하게 흘러나왔다. 처음에는 '내 귀가 드디어 맛이 간 건가'라고 생각했다. 하지만 목소리는 너무 크고 선명했다. 전역 후 복학한 선배 하나가 남자애들끼리 앉은 테이블에서 군인일 때 성매매 업소에 간 이야기를 서슴없이 큰 목소리로 떠들고 있었다. 몇몇 남자애도 경험이 있다며 바로 뒤 테이블에 여자애들이 있든 말든 목소리만 조금 낮춰 떠들고 있었다. 그들은 언제 시간이 나면 다 같이 가자며 아무렇지 않게 얘기하고 웃었다.

의심이 확신이 되고, 어이가 없고 화가 나서 뒤를 돌아보자 옆에 앉은 친구가 내 팔을 확 잡아끌며 고개를 저었다. "하지 마." 앞에 앉은 다른 여자친구들도 신경 쓰지 말자며 화제를 돌렸다. 철판에 눌은 볶음밥이 맛있다는 등의 이야기를 했다.

그 후에도 "군대가면 다 하게 돼 있어. 아, 물론 예외는 어디에나 있지. 근데 그런 애들은 게이이거나 고자일 확률이 커. 남자라면 어쩔 수 없지. 야, 그건 본능인 거야. 여자랑 다르다고. 네가 여자라서 모르는 거야. 네가 아직 군대를 안 가봐서 모르는 거야"라는 말을 여러 곳에서 들었다.

이런 말을 하는 남자들 사이에 끼어서 "오 그래요? 나도 성매매

한 경험이 있는데"라고 하면 그들은 어떤 표정을 지을까? 나에 대해서 어떻게 생각하고 어떤 말을 할까?

아마 나만 '걸레'라고 소문이 날 거다. 내 옆에 있던 지인들 모두 자리에서 일어나 내게서 멀어질 것이다. 온 세상이 내게 손가락질을 할 것이다.

여자 혼자서도, 남자 혼자서도 할 수 없는 이 문제에서 왜 사람들은 항상 여자만 문제 삼는 걸까? 나는 미성년자였고 저들은 알 거 다 아는 성인이었는데, 왜 나는 실수나 경험으로 치며 웃고 떠들 수 없는 반면 저들은 경험과 추억거리로 떠들 수 있는 걸까? 나는 죄책감과 두려움을 갖고 자책하며 사는데 왜 저들은 후련해하면서 또 하고 싶다고 말하는 걸까? 나는 그 일로 불행해하고 저들은 그 일로 행복해하는 이유가 뭘까?

그때부터 오기를 부렸던 것 같다. 남자들이 섹스에 대해 서슴없이 이야기하면 나도 할 수 있고 남자들이 성희롱하면 나도 할 수 있으며 남자들이 성매매를 하면 나도 할 수 있는 거라고. 어차피 여자와 남자 사이에서 일어나는 일인데 그 반대가 돼서는 왜 안 되느냐고.

⇾ **54** ⇽

"네 딸이 내 손자 설거지 시키는 거 싫다!"

명절날, 엄마가 할머니에게 야단을 맞았다. 내가 난생처음 동생에게 설거지를 시켰다는 이유로.

어린 나는 그 모든 걸 이해할 수 없었다. 할머니네 집에 가면 나는 엄마를 따라 주방으로 가 일을 배워야 하는데, 왜 동생은 아빠를 따라 거실로 가 재롱만 피우며 앉아 있는 건지. 나는 제기에 음식을 예쁘게 못 올린다는 이유로, 송편을 잘 못 빚는다는 이유로 계집애가 이래서 어디다 쓰냐는 말을 듣는데, 왜 동생은 할머니가 손수 갖다주시는 음식을 먹기만 해도 잘 먹는다며 온갖 칭찬을 다 듣는지. 나는 아빠다리를 하고 앉아 있으면 계집애가 다리 벌리고 앉는다며 혼나는데, 왜 동생은 아무렇게나 다리를 벌리고 앉아 있어도 되는 건지. 나는 좁은 원형 테이블에 다닥다닥 쭈그려 앉아 엄마와 작은엄마들, 여사촌들과 번갈아가며 밥을 먹는데, 왜 동생은 넓은 사각 테이블에 남자 어른들과 편히 아빠다리를 하고 앉아, 밥을 다 먹은 내가 갖다주는 과일까지 먹으며 아무것도 하지 않아도 되는지. 그리고 할머니는 도대체 왜 같은 여자인데도 손녀인 나보다 손자인 동생을 더 아끼고 챙기는 건지.

어린 나는 어른들에게 받은 차별을, 그 차별에 대한 분노를 어떻게 풀어야 할지 몰랐다. 그래서 동생을 괴롭히고 남자아이들과 싸웠다. 여사촌 동생들과 놀면서 "너는 남자잖아. 저리 가"라며 동생을 밀어냈고, 심지어 다 큰 동생과 몸싸움을 하다 진 뒤엔 분이 안 풀려 "너만 없었으면"이라고 말하기도 했다. 남자애들이 "너는 여자잖아. 너는 나 절대 못 이겨"라고 말하면 이길 수 있다며 치고받고 싸웠고, "너는 여자잖아. 빠져"라고 말하면 나도 할 수 있다며 끼어들어 같이 어울리곤 했다.

그렇게 자라다보니 나중에 커서 친해진 남자인 친구들은 종종 내게 "너는 여자 안 같아서 좋아" "너는 여자로 느껴지지 않아서 편해"라는 말을 하기도 했다. 그러면 나는, 내가 여자라는 틀을 깬 것 같아 혼자 희열감을 느꼈다. 하지만 여전히 나는 여자였고 세상은 내게 엄격했다.

▷ 55 ◁

열아홉의 내가 깨달은 건 아무리 돈을 빠르고 쉽게 많이 벌어봤자 그 일로 인해 나 자신을 잃으면 결국 아무 소용이 없다는 것이고, 스무 살의 내가 깨달은 건 무리하게 일해서 번 돈은 결국 치료비로 들어간다는 사실이다.

허리가 묵직했다. 무너져 내리는 것 같았다. 열아홉 살 때부터 일했던 레스토랑엔 어느새 아르바이트생이 나밖에 남지 않았다. 사장님은 내가 일을 잘하니 여러 명의 몫을 한꺼번에 할 수 있다며 시급을 조금 올려주셨다. 여러 명이서 하던 일을 혼자 하다보니 몸이 버겁긴 했지만, 사장님이 나를 딸이라고 불러주시는 게 좋아 열심히 일했다.

그렇게 일이 끝나면 다음 날 학교에 갔다가 또 다른 일을 하러 갔다. 울리는 벨들에 이곳저곳 뛰어다니며 서빙을 했다. 반년을 그렇게 지냈다. 힘들긴 했지만 숨 쉴 틈이 생기지 않아 좋았다. 오히려 내겐 잘된 일이었다.

하지만 몸이 버티지 못했다. 일을 할 때마다 허리가 욱신거렸고 어떤 날은 서빙을 하다 갑자기 허리가 무너지는 느낌이 들어 손님 앞에서 주저앉을 뻔하기도 했다. 무사히 서빙을 마치고 바로 화장실로 달려가 허리를 짚으며 흐르는 눈물을 닦고 서둘러 진통제를 찾아 삼킨 뒤 다시 일을 했다. 앉아 있는 게 힘들어 학교 수업을 듣는 것도 고통스러웠다. 허리가 너무 아파 자다가도 계속 깼고 그때마다 비몽사몽 아픈 허리에 좋다는 요가 자세를 취하다 다시 잠들었다.

병원에 가니 허리디스크라고 했다. 의사 선생님이 척추 사진을 보시며 스무 살밖에 안 됐는데 몸 상태가 어떻게 이렇냐고 물었고, 그래도 초기라 척추에 정기적으로 주사를 놓으며 치료하면 통증이 나아질 거라고 했다. 비용이 얼마인지 물으니 1회에 10만 원이 넘는다고 하셨다. 주사도 무서웠지만 들어갈 돈이 더 무서웠다. 생각해보겠다는 내 말에 의사 선생님은 내 등 뒤로 무거운 걸 드는 일만이라도 피하라고 말하셨다.

당시 엄마와 아빠는 간간이 힘 쓰는 아르바이트를 하고 있었다. 종종 집에서 마주치면 어디가 얼마나 아픈지, 얼마나 고생하는지 나를 붙잡고 얘기하셨다. 아르바이트를 그만두고 싶었지만 그러면 학교생활이 불가능할 것 같았다. 오는 내내 버스에서 고민하다가 다시 진통제를 먹고 일하러 갔다.

몸이 아프기 시작하자 악취도 성큼 뒤따라와 다시 나를 감쌌다.

불쑥불쑥 그때의 기억들이 나를 덮쳐왔다. Z와 W에게 받았던 그 돈들이 얼마나 쉽게 번 것인지 깨달았으며 그 때문에 이렇게 벌을 받고 있는 거라고 생각했다. 근데도 왠지 모르게 서러웠다. 언제까지 벌을 받아야 하나 끔찍했다.

결국 나는 다 포기하기로 했다. 일하는 곳에 그만두겠다고 말한 뒤 휴학을 했다. 허리가 아파 더 이상 일을 못하겠다고 말하는 내게, 내가 없으면 어떻게 감당하냐며 시급을 더 올려주겠다는 사장님의 말에 서운함이 들기도 했다. 역시 돈이 얽힌 관계는 다 거짓인가 싶었다.

성인이 되니 일을 그만두는 것도, 휴학을 하는 것도 쉬웠다. 종이 한 장에 서명 같지도 않은 서명을 해서 제출하니 휴학 처리가 되었다. 열여덟에서 스무 살, 변한 건 숫자뿐인데 세상은 내가 어른이 되었다며 모든 걸 마음대로 할 수 있게 해주었다.

⇨ **56** ⇦

휴학을 하고 나서 일을 하고 있는 내게 뜬금없이 B에게서 연락이 왔다. 다짜고짜 군대 가기 전 얼굴 한번 보려고 우리 집 앞에 와 있다고 했다.

그 연락이 달갑지 않았다. 근데도 밖을 슬쩍 내다보고 나갈 준비를 했다. 달갑진 않았지만 한편으론 궁금하기도 했다. 헤어진 이후로 단 한 번도 마주친 적이 없었기에. 그래도 첫사랑이라.

B는 그대로였다. 오랜 시간 보지 못했지만, 그 시간만큼 만났던 사이여서 그런지 편했다. 보자마자 둘이 어색하게 웃었지만 바로 예전처럼 아옹다옹했다. 있을 때나 잘하지 이제 와서 왜 이러느냐고하니, B는 미안하다고 했다.

집 앞 벤치에 앉아 그동안의 근황을 얘기하다가 B가 머뭇거리며 앞으로 종종 연락해도 되는지 물었다. 친구로 지내고 싶다고 덧붙였다. 나는 B와 친구로 지내기 시작했다.

서로 마음이 정리된 오래된 연인이 좋은 친구가 될 수도 있다는 말을 어디선가 들었기에 우리도 그럴 수 있을 거라고 생각했다.

그리고 B가 첫 휴가를 나왔을 때 처음으로 같이 술집에 갔다. 술을 한두 잔 마시고 예전 이야기를 하다가 내가 먼저 그 오래된 이야기를 꺼냈다. 내가 무슨 일을 저질렀어도 좋아할 거라고 말했으면서 왜 일주일간 연락하지 않았는지, 그때 내가 얼마나 많이 힘들어했는지 아느냐고 따졌다. B는 그 이야기를 왜 꺼내냐며 고개를 돌렸다. 그런데도 나는 계속 몰아세웠다.

B는 화를 내며 여전히 내가 이기적이라고 말했다. 사실은 아직도 그 말 때문에 나를 원망한다고 했다. 내가 조건만남을 했다고 말했을 때 너무 끔찍했다고, 그 이야기를 듣고 나서부터 나를 볼 때마다 그 말이 계속 상기됐다고, 지금도 그렇다고, 가끔 나를 떠올릴 때마다 그 말도 같이 떠오른다고. 내 마음 하나 편해지려고 뱉은 말이 자기 추억도 모두 망쳐놓은 거라고, 앞으로 만날 남자에겐 그 이야기를 절대 꺼내지 말라고, 어떤 남자가 그런 과거가 있

는 여자를 좋아하겠냐고.

"네가 괜찮다고 해서 말한 거잖아. 내가 너한테 몇 번을 묻고 또 물어도 괜찮다며 네가."

"진짜 그랬을 줄은 몰랐지."

내가 반박하려 하자 B가 고개를 돌렸다. 더는 듣기 싫다고 했다. 좋은 이야기만 하지 왜 굳이 그 이야기를 꺼내느냐고. 고개를 돌리는 B를 바라보며 나는 내 과거를 알고도 나를 좋아해줄 사람은 없다고 확신하게 됐다.

가게에서 나와 바로 택시를 잡아탔다. 수치심에 어쩔 줄 몰라 머리를 감쌌다. 얼마 못 가 택시가 눈길에 미끄러져 뒤 차와 부딪쳤고 놀란 기사님이 택시에서 내리셨다. 사고 처리 보험 얘기가 오갔고 나는 가만히 앉아 기다렸다. 기사님이 내 눈치를 살피시며 바쁘면 다른 택시를 타고 가도 된다고 말씀하셨다. 나는 기다리겠다고 말했다. 다시 겨울이었고 눈이 내리고 있었다. 추운 게 싫어 웅크렸다.

B는 휴가가 끝나고 다시 군대에 가서도 내게 매일같이 연락을 해왔다. 나를 생각할 때마다 내 과거도 같이 떠오른다면서 왜 그렇게 나와 통화하려고 애쓰는지 이해가 안 됐다. 내게 미련이 있어서 그러는 건지, 군대 가기 전날 나를 찾아와 말했던 것처럼 단지 심심해서, 정말 친구로 지내고 싶어서 그러는 건지.

전자는 싫었다. B와 친구로만 지내고 싶었다. 그런 말을 듣고도 친구로 지내는 것이 이상하기도 했지만, 내 과거를 알고 있는 사람을 잃기 싫었다.

나는 B를 남자인 친구들에게 하는 것처럼 함부로 대했다. B는 그런 내가 변했다고 말했다. 연애했을 때의 그 다정함을 기대한 걸까? 아니면 군대에 익숙해져서 그랬나?

뭐가 됐든 '정이 떨어진다'는 말을 끝으로 B는 다시는 내게 연락하지 않았다.

"어떤 남자가 그런 과거가 있는 여자를 좋아하겠어?"

이 말에 아직도 내가 갇혀 산다는 걸 너는 알까 싶다.

▷ 57 ◁

12월, 날이 너무 추웠다. 찬바람이, 악취가 불어오기 시작했고 다시 열여덟 살의 나로, 그 까만 차 안으로 끌려갔다. 악취는 더 짙어져 있었다. 악취에 휘감겨 또다시 자책을 하고 악몽을 꿨다.

그러던 차에 3년 전 B와 헤어지고 친구에게 소개받았다가 연락이 끊긴 남자애에게 뜬금없이 '누구냐'는 연락이 왔다. 누구냐는 물음에 나는 스무 살 때 소개를 받았던 사람이라고 답했다. 그 애는 기억이 나지 않는다 했고, 전역하고 휴대전화를 받는데 모르는 사람이 저장되어 있어 궁금했다고 했다. 나는 이것저것 당시 정황을 얘기해줬다. 그리고 연락이 끊길 줄 알았는데, 그 애가 계속 연락을 해와 나중에는 거의 매일 통화하는 사이가 되었다.

그 애와 나는 잘 맞는 듯했다. 뭐 하냐는 물음에 내가 읽고 있던 책 제목을 이야기하면 바로 작가 이름을 말하면서 그 책과 작가에 대한 이야기를 했고 서로 책 추천도 해줬다. 해외 경험이 많았던 그 애는 해외 경험이 없는 내게 흥미로운 이야기도 많이 해줬다. 한 번도 만나보지 못한 남자앤데 이야기가 끊이질 않았다. 책을 좋아하고 여행을 좋아하며 똑똑하다는 이유로 '괜찮은 남자애'라고 생각했다.

그렇게 보름을 지냈을까? 얼굴 한번 보자는 말에 나는 경계를 풀고 그 애를 만나러 갔다.

첫 만남은 간단했다. 다른 친구와의 약속 전 잠깐 만나 인사를 나눴고 두 번째 만남에서는 예정대로 술을 마시러 갔다. 우연찮게 옆 테이블에 그 애의 동창이 있어 잠깐 어울렸다. 여자애였는데, 이 남자애가 보기보다 착하다며 잘 해보라고 너스레를 떨었다. 그리고 그 애에 대해 칭찬하기 시작했다. 나는 연애할 생각이 없다며 손을 내저었다. 그 애도 생각이 없다고 했다.

매일 연락했던 사이라 그런지 금방 편하게 웃으며 이야기할 수 있었다. 이야기가 끊이질 않았고 술이 끊이질 않았다.

창밖, 연말의 거리는 골목골목 활기찼다. 다들 행복해 보였다. 나는 평생 이렇게 우울하기만 할 것 같아 서러웠다. B가 내게 한 말들이 계속 떠올랐다. 2차로 옮기고 다시 술을 마셨고, 잠깐 화장실에 다녀왔다. 다시 자리에 앉아 술을 마셨다. 그러곤 기억이 나지 않는다.

나는 주량이 셌다. 술을 많이 마셔도 집에는 항상 잘 찾아갔다.

그런데 처음으로 그날 필름이 끊겼다. 하나도 기억나지 않는다. 정신을 차렸을 때는 2차로 온 술집 계단이었다. 그곳에 누워 있었다. 추위에 몸을 덜덜 떨면서.

나는 항상 죽고 싶었지만 그럴 순 없어 살아보려고 나름 애를 쓰고 있었다. 여전히 술과 무리한 일에 의존하고 있었지만, 좋은 책들을 읽으면서, 소소하게 혼자 여행을 다니면서, 버킷리스트를 작성하면서 나름 내 과거와 악취를 잊어버리려고 쉬지 않고 팔다리를 휘젓고 있었다.

그랬는데도 계속 악취가 난 것처럼 그 애에게도 내 악취가 났나 보다.

⇒ **58** ⇐

추위에 팔로 몸을 감싼 채 떨며 눈을 떴다. 나는 술집 계단에 누워 있었다. 눈앞, 계단 끝엔 철문이 하나 있었고 철문 앞엔 쓰레기봉투들과 빈 술병이 담긴 곽들이 쌓여 있었다. 계단 칸 구석마다 담배꽁초가 가득 차 있는 종이컵이 보였고, 내 얼굴 옆에도 담배꽁초와 가래침이 널브러져 있었다. 고개를 정면으로 하자 그 남자애가 보였는데 나와의 관계를 시도하고 있었다. 내 바지는 벗겨진 채였다. 열여덟 살 그날처럼.

나는 다시 고개를 뒤로 젖혀 눈을 감았다, 습관처럼. 매번 꾸는 악몽인가 싶었다. 너무 피곤했고 계속 잠이 왔으니까. 하지만 바닥이 너무 차가웠다. 한겨울 대리석 바닥에 닿는 맨 살갗이 그 자리에 얼어붙어 영원히 떨어지지 않을까 걱정될 정도로.

구역질이 났다. 속에 있는 모든 걸 토해내고 싶었다.

다시 눈을 뜨고 그 남자애를 처다봤다. 힘없이 밀어내자 그 애가 당황했다. 그 애의 표정을 보니 내가 동의하지 않았다는 게 확실해졌다. 안 일어날 줄 알았는데 일어나서 놀랐니? 한겨울 밤 이렇게 찬 계단 바닥에 나를 눕혀놓고?

그 애는 당황해 서둘러 내 바지를 올려 입히려 했다. 몸에 힘이 하나도 없었다. 그런데도 그 애를 밀치고 누운 채로 바지를 올려 입었다. 다시 누워서 눈을 감았다. 차라리 나를 이렇게 내버려두고 갔으면 싶었다. 눈앞에서 좀 사라졌으면.

세상은 내게 왜 이러는 걸까? 사람 하나를 바닥에 계속 내려쳐서 언제까지 버틸 수 있나 실험이라도 하는 걸까?

좆같았다. 세상이.

나는 다시 정신을 잃었다. 그곳에서 어떻게 나왔는지도 모르겠다. 정신을 차렸을 땐 그 남자애의 등에 업혀 있었다. 그 애가 나를 업고서 빈 건물로 들어가기 위해, 닫힌 문을 어떻게든 열어보기 위해 허둥대고 있었다.

"뭐해?"

어이가 없어 웃음이 샜다. 그 애는 깼냐며 당황했고 화장실에 가려 했다며 둘러댔다.

"내려줘."

그 애가 내려놓자 나는 주변을 둘러봤다. 우리 집이 보였다. 습관이란 참 무섭다. 다행히 택시에 타서 우리 집 주소를 말했나보다.

나는 그 애에게서 벗어나 휘적휘적 집을 향해 걸었다. 너무 추웠다. 길에 아무도 밟지 않은 눈이 수북이 쌓여 있었다. 눈이다, 눈. 걸을 때마다 신발 안으로 차가운 눈이 들어왔고 온몸이 떨렸다. 그 애가 부축하는 걸 뿌리치고는 앞서서 걸었다. 그러다 내 발에 내가 걸려 넘어졌다. 넘어진 채로 미친 사람처럼 웃었다. 이 모든 상황이 너무 웃겨서. 그리고 그 애도 뒤에서 따라 웃었다.

아, 이래서 당했는지도 모르겠다. 이렇게 당해놓고도 그 애를 웃게 하니까. 웃음소리에 고개를 돌려보니 그 애가 넘어진 나를 찍고 있었다.

왜들 나를 찍는 걸까? 웃겨서? 재미있어서?

나는 계속 웃었다. 눈이야, 눈. 겨울이야.

집으로 돌아와 침대 위에 눕지도 못한 채 바로 바닥에 납작 엎드린 채 잠들었다. 두근두근, 바닥에 닿은 살갗에서 느껴지는 맥박들이 원망스러웠다.

춥고 고단했다. 계속 찬 계단 바닥에 누워 있는 듯했다. 악취 속에서, 물음표들에 둘러싸여서.

59

나는 평범한 여자가 되고 싶었다. 남자를 무서워하지 않는. 남자와
친구나 연인으로도 지내는. 하지만 내가 틀렸던 걸까? 아빠 말이
또 맞았던 걸까? 아무것도 없는 내게 잘해주는 남자들은 전부 자
신들의 욕정을 풀기 위해 다가오는 걸까? 그 이유 말고는 내게 잘
해줄 이유가 없으니까? 나는 그러면 어떻게 살아야 하지?

질문. 그다음 날 나는 어떻게 했을까?

① 그 애에게 전화를 해 화를 낸다.
② 그 애를 신고한다.
③ 그냥 없었던 일로 치고 그 애를 차단한다. 혹은 번호를 바꾼다.
④ 그냥 내가 죽어버린다.
⑤ 그 애와 사귄다.

자고 일어나자 온몸이 뻐근했다. 새벽에 들어온 나를 혼내려고
방문을 열었던 엄마가 방바닥에 누워 있는 나를 보며 한껏 잔소리
를 하다가 한숨을 내쉬고는 나갔다. 나는 비적비적 일어나 대충 씻
은 뒤 옷을 갈아입고 다시 침대 위로 올라가 잠을 잤다. 현관문이

열리는 소리가 나고, 집에 아무도 없다는 걸 확인하고 나서야 다시 몸을 일으켜 세웠다. 여전히 뻐근했다. 매일 연락해왔던 그 남자애에게선 아무런 연락도 없었다. 방문을 열고 거실 밖으로 나와 재차 아무도 없는지 확인했다. 다시 방으로 들어와 멍하니 옷장에 기대어 앉았다. 아무리 생각해봐도 또 다른 상처가 생기는 게 싫었다. 이대로 그 남자애와 연락이 끊기면 또 다른 악취가 생기니까.

'그냥 그 애랑 사귈까? 내가 그 애를 좋아하게 되면 어제 일도 단순한 해프닝이 될 수 있는 거잖아. 괜찮지 않을까?'

그렇게 나는 정신이 나간 채 그 애에게 먼저 전화했다. 만나자고.

얼마나 당황스러웠을까. 어제 일로 화를 내도 모자란데 만나자니. 그 애는 당황하더니 잠시 전화를 끊어보라고 말했다. 다시 자기가 전화를 주겠다고.

그렇게 전화를 끊고 30분이 지났는데도 연락이 오지 않아 다시 내가 전화를 걸었다. 한참 동안 신호음이 들렸고 결국 그 애가 전화를 받았다.

"나 좋아해서 어제 나한테 그랬던 거 아니야?"

내 말에 그 애가 머뭇거렸다. 한참 동안 뜸을 들였다. 그러다 결국 알았다고 대답했다.

이튿날 나는 다시 그 애와 만났다. 그날은 크리스마스이브였다. 다행히 일하던 곳이 크리스마스 날 대목이라 일찍부터 출근을 해야 했고 그 애와 간단히 밥만 먹고 헤어지기로 했다.

생각보다 괜찮을 줄 알았는데 다시 마주 앉으니까 거부감이 들었다. 그래도 웃어보려고, 대화를 이어가면서 좋아해보려고 노력했다. 그 애의 얼굴을 훑어보면서, 목소리를 들으면서, 손을 만지면서 어디 하나라도 좋아해보려고.

이해가 안 갈 것이다. 지금의 나도 그렇다. 그런데 스물두 살의 나는 그 방법이 나를 지키는 것이라고 생각했다. 그 애를 좋아하는 것만이 계단에 눕혀져 있던 그날 일을 아무렇지 않게 만들어줄 거라고.

그 애가 식당에서 나와 내가 일하는 곳까지 데려다주겠다며 손을 내밀었다. 여기저기서 크리스마스 캐럴이 들렸고 두 손을 꼭 잡고 걷는 연인들이 나를 계속 지나쳤다. 나는 머뭇거리다 그 손을 잡았다. 그러다 얼마 안 가 바로 뿌리친 뒤 괜히 주변에 있는 물건들을 가리키며 "이것 좀 봐"라고 외쳤다. 손을 잡지 않은 채 내가 출근하는 건물 앞에 도착했다. 그 상태로 그 애가 잘 다녀오라며 포옹을 하려고 다가왔다. 그러자 나도 모르게 뒷걸음질 쳤다. 그 애가 멈춰 선 채로 자기가 싫은지 물었다. 나는 아니라며 못 이기는 척 안겼다. 그리고 엘리베이터 문이 열리자마자 올라탔다. 손을 흔들면서 그 애를 좋아해야만 한다고 계속 머릿속으로 되새겼다. 할 수 있다고. 좋아하지 않으면 정이라도 들 거라고.

하지만 불가능했다. 나는 그 남자애가 싫었다. 얼굴, 목소리, 손전부 다. 마주할 때마다 그날 일이, 계단에 누워 있던 내가 떠올랐다.

B가 말한 게 이런 걸까.

그다음 날, 만난 지 3일째 되던 날, 일이 끝난 나를 데려다주겠다며 찾아온 그 애에게 술을 마시러 가자고 말했다. 그런 일이 있었는데도 술에 대한 의존성이 강했기에, 술 한잔 마시면 헤어지자는 말을 쉽게 할 수 있을 거라고 생각했다. 아니면 그때 내 감정이 어땠는지 솔직하게 말한 뒤 사과를 받고 싶었는지도 모르겠다. 나는 그때 계단 위에 누워 있었던 그 술집을 찾아 발걸음을 옮겼다. 그곳 엘리베이터에서 내리고, 테이블에 앉은 뒤 잠시 화장실을 다녀오겠다며 일어섰다. 계단으로 올라가 그 일이 악몽은 아니었는지 다시 한번 확인했다. 내가 기억하는 모습 그대로였다. 헤어지자는 말을 확실하게 할 수 있을 것 같았고 따질 수도 있을 것 같았다.

그 애가 주문을 하고 나는 마땅한 때를 기다리고 있었다. 그리고 술을 한 잔 마신 뒤 헤어지자고 말하려는데 갑자기 그 애가 부모님이 이혼하실 것 같다고 말했다. 자기가 군대에 가 있는 동안 얘기가 오간 것 같다며, 오늘 처음으로 알게 된 거라고 말했다. 나는 왜 하필 오늘인지 원망했다가 그럼 언제 헤어지자고 말해야 할지 혼란스러워했다. 그런데 갑자기 그 애가 울컥하면서 테이블을 주먹으로 내리쳤다.

주변 사람들 모두 우리 테이블을 쳐다봤다. 나는 그만 집에 가자고 말했다. 택시를 태워 보내려는 내게 그 애는 무조건 나를 집에 데려다줘야 한다며 떼를 썼다. 괜찮다는 내 말을 무시하고선 택시를 잡았다.

"위험해. 늦었잖아. 데려다줄게."

우리 집 앞에는 정자가 하나 있다. 마주 앉을 수 있는 벤치가 있는. 나는 잠깐 얘기 좀 하자며 그 애를 정자로 이끌었고, 헤어지자고 말했다. 내가 누군가를, 그것도 그 남자애를 위로하고 걱정할 때가 아니었다. 동정보다 위협이 더 컸다. 그 애가 테이블을 주먹으로 내리쳤을 때, 혼자 집에 갈 수 있다는 내 말을 묵살하고 기어코 택시에 같이 올라탔을 때 오늘 꼭 헤어져야만 한다고 느꼈다. 더 이상 얽히면 안 되겠다며 그제야 후회했다.

그 애는 갑자기 왜 그러냐고 물었다. 나는 만나면 그날 일이 괜찮아질 줄 알았는데 계속 떠오른다고 솔직하게 이야기하며 미안하다고 사과했다. 그러면 그 애도 인정하고 같이 사과할 줄 알았다. 하지만 그 애는 횡설수설하면서 자신이 지금 얼마나 힘든지 모르냐며 따졌다. 나는 고개를 푹 숙이고 다시 한번 미안하다고 사과했다. 그러자 갑자기 자기를 갖고 논 거냐며 화를 내기 시작했다. 자신의 전 여자친구와 나를 싸잡아 온갖 욕을 퍼부었다. 머리가 시끄럽고 무거웠다. 가만히 앉아 고개를 푹 숙이고 내게 쏟아지는 욕을 들었다. 그러자 그 애가 이번엔 자기 옆으로 와서 앉으라고 말했다. 내가 가만히 앉아 있자 내 옆으로 자리를 옮겨왔다. 이번엔 내게 다시 잘 해보자고 말했다.

그 애가 대답 없는 내 얼굴을 잡아 자기를 보게끔 돌렸다.

"미안해."

나는 눈을 피하며 미안하다고 되풀이해 말했다. 손이 덜덜 떨렸다. 무서워서가 아니라 힘 하나 없다는 이유로 매번 이렇게 당하는 게 분해서. 그 애는 계속 미안하다고 말하는 내 목을 잡아 졸랐다. 벤치 아래 담배꽁초와 가래침이 널브러져 있는 그곳으로 내 상체가 기울어졌다.

왜들 그렇게 내 목을 조르는 건지, 왜들 그렇게 나를 더러운 곳에 눕히려고 하는 건지.

▷ 62 ◁

처음 내 목을 조른 사람은 아빠였다.

열여섯. 학교가 끝나고 집에 돌아와 현관문을 열자마자 보이는 소파에 앉아 술을 마시고 있는 아빠에게 화가 나 소파 맞은편 의자에 앉았다. 나는 알면서도 "엄마는?" 하고 물었고 "일하지"라는 아빠의 대답에 "그냥 내가 자퇴하고 돈 벌게"라고 말했다. 표정을 못 숨겼기에 원망하는 표정 그대로 아빠에게 내비쳤는지 모르겠다. 말이 끝나자마자 커다란 손이 날아왔고 "픽" 하는 소리와 함께 바닥에 쓰러졌다. 앉아 있던 의자가 우당탕 부서지는 소리를 냈다.

TV 속 뺨 맞는 장면을 보면 "짝" 하고 찰진 소리가 나던데 현실에선 "픽" 하는 둔탁한 소리와 함께 귀가 먹먹해져서 아무것도 들리지 않았다. 아빠는 뺨 한 대로는 분이 안 풀렸던지 "싸가지 없는 년"이라며 넘어져 있는 내게 다가왔고 나는 손으로 바닥을 짚으며

3장 난도질   169

뒷걸음질을 쳤다. 그리고 멱살을 잡힌 채 두 번째, 세 번째 뺨을 연달아 맞았다. 눈을 감고 있는데도 맞을 때마다 카메라 플래시가 터지듯 앞이 번쩍거렸다. 그리고 더 이상 손이 날아오지 않아 눈을 떴을 때는 담배 하나를 문 채 욕을 하며 베란다로 향하는 아빠의 등이 보였다.

"싸가지 없는 년."

엄마가 맞는 모습을 보긴 했지만, 이전에도 대들다가 등짝을 맞곤 했지만, 그것과는 달랐다. 아픈 것보다, 서러운 것보다 아빠가 무섭고 두려웠다. 담배 냄새가 거실까지 퍼지던 중 뻣뻣해진 목을 살며시 옆으로 돌리자 넘어진 의자가 보였다. 서둘러 자리에서 일어나 방으로 달려갔다. 휴대전화 보조 배터리와 충전기 등 짐을 챙겼다. 그리고 방문을 나서자마자 아빠에게 붙잡혀 다시 방바닥에 내팽개쳐졌다. 다시 바닥을 짚고 일어나도 똑같았다. 온 힘을 다해 발버둥치는데도, 목이 찢어져라 소리를 지르는데도, 제발 나가게 해달라고 비는데도 방에서 열 발짝도 안 되는 그 현관문을 나설 수 없었다. 아빠에게 맞은 것보다 처음으로 느낀 무력감이 더 당황스러웠다. 결국 아빠는 나를 진정시키기 위해 내 목을 두 손으로 잡은 채 벽으로 몰아세웠다.

"나가지 말라고!"

귀가 멍멍했다. 내 얼굴 바로 앞에 아빠의 얼굴이 있었다. 노란 흰자, 벌겋게 엉켜 있는 핏줄들, 까맣게 확장된 동공, 그 속에 비친 나. 아빠는 억울해 보였고, 공포를 느끼고 있었고, 슬퍼 보였다. 맞

악취

은 사람은 난데, 목이 졸린 사람은 난데, 발끝으로 서 있는 사람은 난데 아빠가 그런 표정을 짓고 있었다. 억울하고 원망스럽고 서러웠다. 내가 캑캑거리자 정신을 차린 아빠가 손을 놓았다. 나는 발이 땅에 닿자마자 바로 현관으로 달려나가 문을 열고 계단으로 뛰어 내려갔다. 앞이 제대로 보이지 않아 한 손으로 계단 손잡이를 잡고, 다른 한 손으론 눈을 계속 훔치며 계단을 두세 칸씩 빠르게 뛰어 내려갔다. 아빠의 눈동자가 계속 나를 쫓아왔고 그게 너무나 싫었다.

이튿날 내 뺨은 빨갛게 부어올라 파란색과 보라색으로 잔뜩 엉켜 물들어 있었고 며칠 뒤 누렇게 되더니 본연의 모습으로 돌아왔다. 하지만 아빠와 나는 그 후로 꽤 오랫동안 집 안에서도, 집 밖에서도 서로 없는 사람 취급을 했다. 친구들이 하굣길에 엄마나 아빠를 만나기라도 하면 뛰어가 안기고, 친구 부모님들이 친구를 우리 딸이라고 다정스럽게 불러주는데 나는 길에서 아빠를 마주쳐도 모르는 사람처럼 서로 다른 곳을 응시하며 지나쳤다. 그런데도 그때 마주한 아빠의 표정과 눈이 계속 떠올라 마음껏 아빠를 미워하지도 못했다.

하지만 그 남자애에게 목이 졸리자, 아빠가 너무나도 미워졌다.

⇨ **63** ⇦

나는 그 남자애의 커다란 손과 팔목을 양손으로 꽉 부여잡고 버텼다. 바닥에 널브러져 있는 담배꽁초와 가래침이 내 뒤통수에 닿는 게 끔찍해서 그 빌어먹을 남자애의 손을 꽉 잡고 배에 힘을 주며 고개를 빳빳이 들었다. 죽는 건 괜찮았지만, 더러운 곳에 다시 눕혀지는 건 싫었다.

"못 헤어진다고 했잖아."

나는 터져버릴 것 같은 눈으로 아무 말 없이 쳐다봤고, 그 애는 정신을 차리곤 다시 나를 의자에 앉히더니 내 앞에 무릎을 꿇었다. 절대 헤어질 수 없으니 조금 전 일은 봐달라고 애원했다. 이게 도대체 무슨 상황인지 싶어 목을 감싼 채 가만히 앉아 있었다. 그러자 이번에는 벌떡 일어나더니 내가 넘어질 때 찍은 동영상을 SNS에 올리겠다고 협박했다.

정적이 흘렀다. 넘어지는 영상이야 별것 아니지만, 계단에서도 나를 몰래 찍었나 싶었다. 내 표정을 본 그 애는 이거다 싶었는지 자기와 헤어지는 순간 내 이름, 나이, 내가 사는 동네, 내가 다니는 학교 등을 태그해서 SNS에 올릴 거라며 웃었다. 도대체 나한테 왜 이러냐고 소리치며 벌떡 일어나 그 애에게 다가갔다.

"내놔. 너 그거 범죄야. 알고 있지?"

그 애는 휴대전화를 높이 들어올렸고 나를 놀리듯이 그 동영상을 찾아 틀었다. 내가 술에 취해, 내 발에 넘어져서 깔깔거리며 웃는 소리가 한겨울 고요한 밤하늘에 울려 퍼졌다. 눈이야, 눈. 겨울이야. 그 애가 웃었고 하얗게 입김이 흩어졌다 사라졌다.

악취

신이 존재한다면 신은 왜 여자에게 온갖 고통은 다 줬으면서 그걸 버티고 이겨낼 힘은 주지 않은 걸까? 남자에게 힘을 준 이유는 그런 여자들을 위협하라는 게 아니라 그런 여자들과 서로 도우며 살아가라는 것 아닐까? 나는 결국 그 애에게 죄책감을 느끼게 하려고 분노로 나오지 않는 눈물을 쥐어짜며 그러지 말아달라고 얼굴을 두 손에 파묻고 소리 내어 울었다.

그 애는 가만히 서 있었다. 눈물을 쥐어짜는 나를 쳐다보며 절대로 헤어질 수 없으니 그만 울고 집에 들어가라며 자리를 떠났다. 멀어지는 발걸음 소리에 더 크게 울다가 파묻었던 고개를 들고 그 애의 뒷모습을 쳐다봤다. 벤치에 그대로 앉아 어떻게 해야 할지 머리를 쥐어짰다. Y와 K에게 번갈아 전화해 방금까지 있었던 일을 말하고 이제 어떻게 하냐며 발을 구르고 앉았다 섰다를 반복했다. 두 시간 정도.

Y에게 방금 전에 있었던 일들을 이야기하고, 어떻게 해야 하나 고민하고, 답이 나오지 않아 처음 그 애를 알았던 때부터 되짚어가며 얘기했다. K에게 전화를 해 Y에게 했던 그대로를 반복했다. 하지만 어떻게 해야 할지 답은 나오지 않고, 추위로 몸만 덜덜덜 떨려왔다.

아파트 앞에 섰다. 그리고 아파트 현관 비밀번호를 누르자마자 휴대전화가 울렸다.

"왜 이제 들어가. 춥겠다. 너 추운 거 싫어하잖아. 빨리 들어가서 전기장판 켜고 푹 자. 내일 보자."

그 애였다.

나는 다시 아파트 밖으로 나와 두리번거렸다. 그 애는 보이지 않았다. 이후로도 끊임없이 연락이 왔다. 전화를 받지 않으면 동영상을 퍼뜨린다고 협박했고 전화를 받으면 다정하게 밥은 먹었는지, 오늘 하루는 어땠는지 물으며 보고 싶다고 말했다. 내가 일하는 곳을 알고 있었기에 출퇴근 때 사람들에게 망을 봐달라 한 뒤 서둘러 택시를 잡아타고 퇴근했다. 내가 모르는 어딘가에서 나를 지켜보고 있지 않을까 잔뜩 예민해져서 골목골목마다 자꾸 발걸음을 멈췄다.

그렇게 일주일을 흘려보내고 새해가 되는 날, 그 남자애에게서 미안했다는 장문의 메시지를 받았다. 결국 그 남자애가 남긴 악취도 내 몫이 된 거다.

⇨ **64** ⇦

새해가 되면서 그 남자애가 사라졌다. 그리고 스물셋. 내 새해 다짐은 '남자를 절대로 믿지 말 것'이 되었다. 그렇게 다짐하자 이상하게도 외로움이 커졌다. 하지만 사람을 대하고 만나는 게 버거워 말없이 인간관계 대부분을 정리했다. 그때부터 친구들을 많이 잃어갔다. 스물셋의 나이에 해본 아르바이트는 수십 가지가 넘었고 더 이상 해보고 싶은 일도 없었다. 이젠 좀 쉬고 싶었다, 제발. 하지만 케케묵은 더 짙어진 악취가 계속 나를 못살게 굴었다. 시끄러운 머릿속이 온몸을 눌러 곤두박질칠 것만 같았다.

그러던 중 여행 관련 글을 보게 되었고, 그동안 모아둔 돈으로 해외여행을 가보기로 했다.

'넓은 세상을 바라보면서 제 고민이 아무것도 아니라는 걸 깨닫게 됐어요.'

'여행을 다니며 많은 사람을 만나고, 저를 되돌아보니 드디어 다시 꿈을 꾸게 됐어요.'

여행을 준비하여 찾아본 여행 후기는 대부분 이런 내용이었다. 다들 뭐 하나라도 깨닫고 돌아왔고, 어떤 이들은 여행이 마치 만병통치약이라도 되는 듯 말했다. 욜로 유행이 절정이던 때였다. 나는, 나도 그렇게 되어 돌아올 거라고 한껏 기대에 부풀어 여행을 다니기 시작했다.

여행은 좋았다. 익숙했던 곳을 떠나 새로운 풍경, 새로운 사람들 속에 있으니 나도 새로운 사람이 된 것 같았다. 책, TV, 그림 속에서만 봤던 풍경과 건물들이 눈앞에 펼쳐지니 황홀해 하루 종일 걸어다녀도 다리가 아픈 줄 몰랐다.

하지만 여행이 끝나도 여전히 내 고민과 악취는 그대로였고 여행이란 꿈을 이룬 뒤 다시 꿈을 잃었다. 다시 빈털터리가 되는 바람에 일을 하고 또 했다.

이상하게도 머리가, 몸뚱어리가 계속 과거로 돌아가려 했다. 내 과거를 돌아보면서 반성을 하든 인정을 하든 치료를 하든 어떻게든 책임져야 한다고. 하지만 다시 처음으로 돌아가 과거를 꺼내 되짚어봐야 한다니. 이미 온전치 않은 내겐 불가능한 일이었다.

회피가 습관이 되어버린 나는 20대 초중반을 그렇게 이곳저곳 방황만 하며 흘려보냈다.

그리고 20대 중반이 되자 겁 없이 계속 도전하는 나를 보며 용감하다고 말하던 친구들도 이제는 나를 걱정했다.

스물넷, 친구들은 졸업해 한창 취업 준비를 하고 있거나 공부를 더 하기 위해 편입이나 대학원에 갈 준비를 하고 있었다. 나만 또 멀리 떨어져 있었다. 친구들의 모습은 내게 소리를 지르고 있는 것 같았다.

"정신 차려!"

내 상황에 대해, 내가 현실 회피를 하는 것에 대해 구구절절 설명할 수 없었다. 내가 할 수 있는 말들은 점점 줄어들었고 외로움은 더 커져갔다.

⇒ **65** ⇐

몸이 점점 안 좋아지기 시작했다. 시도 때도 없이 조금만 스트레스를 받아도 온몸의 장기가 뒤틀렸고 매일 탈이 났다. 몸에 수십 개의 멍이 생겼고 두드러기가 나기도 했다. 술을 끊고 건강식으로 먹어도, 단식을 해도, 운동을 하거나 병원에 가도 나아지지 않았다. 애초에 저체중인데 몸무게가 한 달 만에 5킬로그램이나 빠졌다. 얼굴이 해쓱해지고 몸에는 뼈만 남았다. 거울 속에 비친 내가 징그

악취

러웠다.

일을 하러 가도 금방 체력이 바닥났고 사장님은 내가 쓰러질 거 같다며 해고했다. 나는 하릴없이 혼자 집에 누워 있었고 끝없이 잠만 잤다. 원망스러웠다.

시간은 약이라던데, 바람이 불고 비가 내리고 해가 뜨면서, 흩어지고 쓸려가며 사라지겠지, 잊히겠지 괜찮아지겠지 생각했는데. 몰아치고 무너지고 갈라져서 다시 악취 속으로 곤두박질쳤다.

악취와 마주하기 싫어 두 눈을 감고 잔뜩 웅크렸다. 이젠 그냥 전부 다 포기하고 싶었다. 하지만 내가 이렇게 죽어버린다면 너무 억울할 것 같았다. 여전히 불안정한 가족들도 신경 쓰였다. 어쩔 수 없이 나는 결국 두 눈을 뜨고 악취와 마주하게 되었다.

⇨ **66** ⇦

12월 31일 아침. 그 당시 만나고 있던 V와 함께 불꽃놀이를 보러 갔다. V는 내가 복학하고 나서 만나게 된 사람이었다. 공부와 운동을 열심히 하는 모습에, 여자 동기들보단 후배 남자 동기들을 챙기는 모습에, 하교를 하던 중 짐을 들고 오르막길을 오르는 할머니를 도와드리는 모습에 나도 모르게 V를 바라봤고 마음도 성큼성큼 앞서갔다.

V를 알면 알수록, 지켜보면 볼수록 좋아졌다. 용기를 내 먼저 연락을 했고 그와 만나게 되었다. 다행히 V는 좋은 사람이었다. 내 곁

에 있어줬던 남자인 친구들이 그랬듯이, V도 세상 모든 남자가 나쁘지만은 않다는 것을 알게 해주었다.

나는 어느새 불꽃놀이를 보기 위해 낯선 사람들 틈에 끼어 있었다. 모두 새해를 맞이하기 위해 들떠 있었다. 불꽃놀이가 시작되고 V가 나를 바라보며 웃었다.

"우와 예쁘다."

V를 따라 휴대전화로 영상을 찍었다. 밤하늘에 요란하게 터지는 불꽃 소리와 알록달록 화려한 불꽃들. 그게 무슨 감정이었는지 지금도 모르겠지만 주르륵 눈물이 흘렀다.

다른 사람들은 모두 불꽃을 보며 감탄하고 있었다.

곧이어 카운트다운이 시작되고 마지막 불꽃들이 연달아 하늘에서 터졌다.

"우와!"

나도 모르게 저절로 입이 벌어졌다. 순간의 불꽃들이 뿌연 연기가 되어 사라지는데도 여전히 귀가 멍멍했고 심장이 마구 쿵쾅거렸다. 갑자기 수많은 감정이, 생각이 복받쳐왔다. 밤인데도 밝았으며 마지막인데도 시작이었다.

➪ **67** ⬳

"새해 복 많이 받아."

새해가 됐다. 그곳에 있는 모두가 행복해 보였다. 그리고 정말 뜬금없이 새해가 되는 그 순간 책을 써봐야겠다는 생각이 불쑥 들었다.

'갑자기?'라고 묻는다면, 나도 설명할 수 없다. 그냥 떠올랐고 연달아 터지는 불꽃 소리 때문인지 모르겠지만 떠오르자마자 심장이 뛰었다. 생각만으로 두렵기도, 벅차기도 했다.

사실 책을 쓴다는 것은 어렸을 때부터 남몰래 갖고 있던 꿈이었다. 책을 좋아하는 누구나 꿈꿀 수 있는 그 일을 나도 꿈꿨다.

무례하고 오만하게 비치겠지만, 좋은 부모를 만나 좋은 환경에서 자라고 좋은 대학에 다닌 사람들이 청소년이나 청춘들에게 조언하는 책들을 보면 공감할 수 없었다. 특히 저를 믿어주고 응원해주신 부모님께 같은 말에는 결코. 나는 비난을 받을지언정 누군가에겐 위로가 될 수 있는 책을 쓰고 싶었다. 그런 꿈을 남몰래 갖고 있었다.

하지만 악취와 도저히 마주할 자신이 없었다. 가끔 용기를 내 노트에 글을 써보거나 휴대전화 메모장에 끄적거렸지만 다시 갈기갈기 찢어 과자박스 안에 나눠 버리거나 지워버렸다.

그런데 카운트다운이 시작되고, 내가 뭘 남길 수 있을까를 생각하다보니 그 오래된 꿈과 악취들이 뒤섞인 채 떠올랐다.

할 수 있을지를 생각하다보니, 그래도 지금까지 내 힘으로 일을 구하고, 여행을 다니고, 독립도 했다는 게 생각났다. 그러자 왠지 악취와도 마주할 수 있을 것 같았다. 집으로 돌아오는 길에 V와 손을 잡고 내일부터 뭘 할지 두런두런 이야기를 나눴다.

68

새해 아침. 간단히 아침을 먹은 뒤 도서관엘 갔다. 책장을 천천히
훑어본 뒤 신중하게 몇 권을 빌려 집으로 돌아왔다. 오랜만에 다
시 시작한 독서라 단어와 문장들이 머릿속에 둥둥 떠다니기만 해
한 문장을 여러 번 읽어야만 했지만, 그래도 꾸준히 책을 읽고 밀
린 일기부터 차츰 써내려갔다. 새해 목표를 세우고, 계획들을 하나
하나 실행에 옮겼다. 꾸준히 운동을 하고 새 일을 구했다.

그 모든 게 어느 정도 자리 잡히고서야 글을 써봐야겠다는 꿈
이 생각났다. 그러자 이번엔 뜬금없이 V가 신경 쓰였다. 이젠 솔직
하게 털어놔야 할지, 아니면 이대로 계속 숨겨야 할지 고민됐다. 왠
지 털어놔야 한다는 생각이 순간순간 들었지만 그때마다 B가 한
말들이 내 목을 꽉 조였다.

"네 이기심으로 뱉은 말 때문에 나는 너를 볼 때마다 네가 한
그 말도 같이 떠올랐어."

그래서 순간 입을 열었다가 얼버무리고 다시 다물었다. V도 B처
럼 나를 떠올릴 때마다 악취를 같이 떠올릴까봐, 그 오래된 과거
때문에 나를 떠나려 할까봐 두려웠다.

하지만 여전히 이기적이었나보다.

늦은 밤, V에게 바람 좀 쐬자며 공원으로 나가 산책을 했다. 이
번엔 차분하게 말했다. 열여덟 살 때부터 열아홉 살 때까지, 반년

악취

간 두 명의 성인 남자와 있었던 일을.

V는 바로 괜찮아, 라고 말했다. 아무렇지 않은 척하는 것 같아서 무슨 생각이 드는지 솔직하게 말해보라며 몰아세웠다. "헤어지고 싶으면 지금 헤어져도 돼." V는 오히려 웃으며 나를 안심시켰다.

"괜찮아. 그것 때문에 지금까지 힘들었던 거야? 네가 잘못했다는 것도 알고 그동안 힘들어하고 반성했으면 된 거지. 앞으로 좋은 일 많이 하면서 채워나가면 되잖아. 그리고 내가 만나고 있는 사람은 과거의 네가 아니잖아. 걱정하지 마. 나는 오히려 네가 나를 믿고 이렇게 말해줘서 더 좋은걸?"

나는 벤치에 앉아 펑펑 울었다. V와 마저 산책을 했고 처음으로 내 이야기로 책을 쓰고 싶다고 소리 내어 말했다.

4장

추락과 구원

†

자책하는 것과 자기 행동에 책임을 지는 것은 다르다.

전자는 자기 채찍질로 이어져 자기연민에 빠져 살게 만든다.

후자는 자기 너머를 보기 때문에

타인과 관련 지어 자기 역할을 찾아낸다.

_토르디스 엘바·톰 스트레인저의 『용서의 나라』 중에서

V에게 모두 털어놓고 나서 나는 드디어 글을 쓰기 시작했다. 글을 써보겠다고 생각한 지 거의 1년 만이었다.

노트를 펼치고 모나미 펜으로 글을 써내려갔다. 태어났을 때부터 순차적으로 쭉쭉쭉, 토해내듯이.

며칠 동안 손이 아픈 줄도 모르고, 몇 시간이 흐른 줄도 모른 채 열 장이 넘는 글을 A4 용지 크기의 노트에 빼곡히 채워갔다. 뻐근한 손목과 오랜만에 손가락에 난 펜 자국이 반가웠다. 내가 꿈꿨던 일을 하고 있는 것만으로도 뿌듯했다. 글을 쓰며 어린 내게 이렇게 많은 일들이 있었나 울컥하기도 했다.

그러던 중 미투 운동이 일기 시작했다. TV를 틀어도, 인터넷을 켜도, SNS를 들여다봐도 미투에 대한 내용만 계속 내 귀와 눈으로 들어왔다. 그리고 미투 운동에 반박하는 글들도 함께 비쳤다.

꽃뱀 아니야? 이제 와서? 왜 그땐 신고 안 했대? 지도 하고 싶어서 한 거 아니야? 피했으면 되는 거 아닌가? 평소에 행실이 안 좋았겠지. 조심했어야지. 관종. 증거를 보여줘야지. 그럴 만한 여지를 줬으니까 당한 거 아닌가? 당할 만하게 생기지도 않았는데? 왜 거절을 안했대? 나도 따먹고 싶다. 걸레들. 시집가긴 글렀네. 남자 돈 좀 그만 뜯어가라. 그런 상황을 왜 만들어? 그만 좀 해라. 당당하면 얼굴을 까야지 왜 숨어? 지금까지 참고 살았으면서 뭘 더 이상 참을 수가 없대? 여자 잘못 만나서 남자 인생 X 됐네. 수치스럽게 그냥 숨기고 살지. 미투로 남자들 다 죽이네.

머리가 얼얼했다. 저렇게 말하는 이들은 대체 뭘 하는 사람들이고, 또 왜 이렇게 많은 것일까. 증거가 나오고, 가해자가 인정을 했는데도 피해자의 잘못이라고 비난하는 사람들.

몸이 덜덜 떨렸다. 피해자에게도 저러는데 내게는 어떤 말을 쏟아낼까를 떠올리니 너무 두려웠다.

"저 부모는 속이 어떻겠냐. 그냥 다 지난 일이다 해야지. 앞으로 어떻게 살려고."

주말 점심, 잠깐 엄마를 보러 집에 갔다가 미투 관련 뉴스가 나오자 엄마가 채널을 돌리며 말했다. 엄마 옆에 있던 나는 일어나 그 자리를 피했다.

어린 시절 내가 상처받았던 이야기를 꺼낼 때마다 엄마는 내게

악취

"그때 아빠도, 엄마도, 동생도 힘들었잖아. 네가 이해해야지. 왜 계속 지난 일을 들춰? 그래도 하나뿐인 네 가족이잖아. 이해하고 용서하고 잊어"라고 말했다. 그 말을 들을 때마다 외로워졌다.

집으로 돌아오는 길에 과연 엄마도 나를 이해하고 용서할 수 있을까, 잊을 수 있을까를 생각하다보니 겁이 나기 시작했다. 이러다 하나뿐인 가족을 영영 잃게 될까봐.

방에 들어와 서둘러 노트를 덮은 뒤 서랍 안 깊숙한 곳에 숨겼다. 다음 날도, 그다음 날도 펼치지 않았다.

오랫동안 방치해놨던 악취를 다 헤집어놓고는 또다시 외면한 거다. 악취는 계속 휘몰아쳤다. 시간의 흐름과 상관없이, 어린 시절의 상처들과 함께 불쑥불쑥 나를 찾아왔다. 출근을 하다가도, 일을 하다가도, 퇴근을 하다가도. 그리고 혼자 있게 되면 하루 종일.

▷ **70** ◁

나는 잔뜩 예민해졌다. 모르는 누군가가 나를 똑바로 쳐다보면, 누군가가 내게 이유 없이 쌀쌀맞게 굴면 '내 과거를 아는 걸까? 그 남자들이 몰래 찍은 내 사진을 어디서 본 걸까?' 싶어 겁부터 먹었다.

그래도 괜찮은 척 다시 예전처럼 살아가려고 노력했다. 매일 운동하고, 책을 읽고, 밖에 나가면 웃었다. 새로 일하게 된 곳 윗사람들로부터 "그루씨는 매일 좋은 일이 있나봐? 항상 웃네?" "그루씨는 정말 밝은 것 같아"라는 소리를 들을 만큼.

그렇게 다시 열심히 살다보면 언젠간 자연스럽게 악취가 사라질 거라고 믿었다.

그런 나를 마침내 악취 속으로 다시 끌고 내려간 사람은 아빠였다.

한동안은 아빠와 잘 지냈다. 하지만 아빠 말대로 사람은 변하지 않는 듯했고 결국 나는 다시 아빠와의 대화를 포기했다. 집을 나와 종종 엄마를 보러 들를 때도 아빠를 피해다녔고 말 한마디 나누지 않았다. 하지만 엄마는 내가 아빠와 잘 지내길 바랐다.

"그래도 네 아빠잖아. 네 부모고."

그 말에 마음이 계속 약해졌다. 하나뿐인 아빠니까, 내가 조금만 더 노력하면 잘 지낼 수 있지 않을까 싶어 희망을 품고 아빠와 함께 오랜만에 장을 보러 집을 나서기로 했다. 하지만 엘리베이터에서도, 차에서도, 마트에서도 둘 다 굳게 입을 다물고만 있었다.

마침내 입을 연 쪽은 아빠였다. 돌아오는 차 안에서 계약직 말고 정식 취업은 도대체 언제 할 거냐고 물었다. 어디든 가서 자식 얘기가 나오면 할 말이 없다고.

안다. 대부분의 부모가 하는 취업 잔소리라는 것을. 하지만 억울했다. 아빠만큼은 내게 그런 소리를 해서는 안 된다고 생각했다.

우리는 언성을 높이며 싸웠다. 내가 태어났을 때부터 그 일이 있기 전까지 내게 가장 많은 상처를 준 사람은 아빠였다. 아빠가 내게 무슨 말을 내뱉고 있는지, 내가 아빠에게 무슨 말을 내뱉고 있는지 알 수 없었다. 차 안은 아빠의 언성과 내 언성이 겹쳐져 질

식할 듯했다.

그러다 내가 세상에서 제일 듣기 싫어했던, 상상할 수 있는 말들 중 가장 최악을 아빠가 내뱉었다.

"내가 너 고등학생 때 남자 차 타고 다니면서 못된 짓 하러 다닌 거 모를 줄 알았어?"

차는 Z와 W를 만났던 곳을 지나치고 있었다. 시간이 흘러 이젠 빼곡이 건물들이 들어차 있었다.

어떻게 알았을까? 갑자기 그 말을 왜 꺼냈을까? 여기서 봤을까, 나를? 그 말 하나면 나를 이길 수 있다고 생각해서? 애초부터 내가 잘못된 사람이니까?

횡단보도 앞이었다. 나는 아빠를 쳐다보며 멍하니 앉아 있었고 아빠는 창문을 내린 채 고개를 돌렸다.

나는 목이 쉬어라 소리를 질렀다.

⇨ **71** ⇦

열아홉 살 봄, 술에 잔뜩 취한 아빠가 내게 원조교제를 하냐고 물어본 날, 그날 사실은 아빠가 알았을 수도 있겠다는 생각을 했다. 하지만 아닐 거라고, 그냥 우리 아빠라서 하는 말이라고 생각하며 신경 쓰지 않았다.

언제부터 알고 있었을까? 나는 알고도 외면했던 거냐며 소리쳤다. 아빠는 아무 말 없이 묵묵히 운전만 했다. 나 혼자만 계속 소리를 질렀다. 어떻게 그럴 수 있냐고, 부모면서, 가족이면서.

오랫동안 쌓아놨던 분노가 터지니 더 이상 멈출 수가 없었다.

소리를 지르고, 비웃고, 울부짖었다. 그렇게 반복하다가 차가 집 앞에 멈추자 도망치듯 뛰어내려 바로 짐을 챙겨 택시를 타고 내 안식처로 돌아왔다. 하지만 집에 돌아와도 가라앉질 않았다. 잠을 잘 수 없었고 눈에서는 계속 눈물이 흘렀다.

⇨ 72 ⇦

12월, 다시 겨울이 됐다. 가만히 악취를 방치한 채 하루하루 시간을 흘려보냈다. 집에 돌아오면 침대에 누워 SNS를 기웃거렸다. 다들 무엇을 위해서 그렇게 열심히 사는 건지 궁금했다. 가족을 위해서인지, 꿈을 위해서인지. 그렇다면 그 둘 다 없는 나는 어떻게 살아야 하는 건지. 그러던 중 어떤 전시회 홍보 글을 보자마자 휴대전화 화면을 꺼버렸다. 전시회 이름은 「오늘」이었다. 미성년자 성착취에 관한.

잘못 본 거라고 생각했다. 휴대전화를 왜 껐는지 알 수 없지만 일단 거부감이 들었다. 우연이라도 그런 홍보 글을 보게 됐다는 게 이상했고, 종종 내게 말도 안 되는 일이 생길 때마다 의심했던 것처럼 정말 「트루먼 쇼」 같은 걸까 싶어 두려워 주변을 둘러봤다. 잠시 후 다시 천천히 침대에 앉아 휴대전화를 들고 전시회 「오늘」을 검색했다.

처음 알게 된 사실이었다. 그런 아이들을 도와주는 어른들과 단체가 존재한다는 걸. 세상 사람들 모두가 손가락질만 할 거라고, 네가 저질러놓고 왜 힘든 척이냐고 비웃을 줄 알았는데 그게 아니라는 생각이 들자 이상하게 눈물이 났다. 침대에 엎드린 채로 소리 내어 울었다.

눈물을 닦으며 홍보 글과 후기들을 살펴봤다. 성 착취 피해 아동·청소년이 쓴 글과 그림들을 볼 수 있는 전시회. 날짜를 확인해보니 내일이 마지막 날이었다.

이튿날 아침, 나는 바로 그 전시회를 보러 갔다. 전시회에 도착했을 땐 이미 양쪽 옷소매가 다 젖어 있었다. 아빠와 그렇게 싸운 뒤 감정 조절이 안 돼 시도 때도 없이 울컥했다. 계속 눈물이 흘러서 지하철에서 내려 전시장까지는 일부러 뛰었다. 전시회장 앞까지 갔다가 뒤돌아 화장실로 가서 얼굴을 확인했다. 휴지를 둘둘 말아 주머니에 넣었다.

전시회장 앞, 창문 가득 붙어 있는 포스트잇을 보고 주머니에 든 휴지를 꺼내 눈을 눌렀다. 포스트잇에 적힌 "여러분의 잘못이 아니에요"라는 누군가의 글 한 줄을 시작으로 그 옆 포스트잇들을 보려 하자 눈앞이 뿌옇게 흐려졌다.

정말 나는 단 한 번도 나 자신을 피해자라고 생각한 적이 없었다. 돈 혹은 쾌락을 얻었으니까. 그래서 더 힘들었다. 법적으로는 똑같은 범법자인데 행동은 피해자처럼 하게 되니까 혼란스러워서.

내 잘못이 아니라고 누군가가 말해주길 바랐던 걸까?

포스트잇을 등지자 관계자 한 분이 조심스럽게 다가오더니 전시장 소개를 해주시겠다며 소책자를 주셨다. 나는 그냥 "네네, 감사합니다"라고 말하면서 소책자를 끌어안고 끄덕거리기만 했다. 전시회 설명이 귀에 안 들어왔다.

이분이 아이들을 도와주시는 걸까 싶어 붙잡고 얘기하고 싶었다. "저도 그랬어요"라고 털어놓고 싶었다. 다들 너무 따뜻해 보여서.

전시회 규모는 작았다. 입구에 들어서자마자 한눈에 들어왔다. 그중 하얀 커튼 틈으로 보이는 커다란 푯말들에 가장 먼저 눈이 갔다. "띵동. 오픈 채팅에 입장하였습니다"라고 적힌 커튼 틈. 홀린 듯이 그곳으로 걸어갔다. 그리고 커튼을 젖히자마자 미끼들이 둥둥 눈앞에 나타났다.

"40대 아찌랑 같이 여행 갈 고등어 몸만 오세요."

"지금 차에서 간단 매너 만남 13장."

"용돈 만남 가능."

"고등학생 텔에서 15만 원 용돈 드립니다."

"입었던 팬티, 스타킹, 양말 파세요. 쉽게 돈 벌어요."

익숙한 미끼들이 한 글자도 변함없이 둥둥. 소름끼쳤다. 어째서 10년째 똑같은 걸까? '저 중에 W도 있을까?'

이상하게 내 잘못 같았다. 알고 있었으면서 왜 나는 아무것도 하지 않았던 걸까. 낚시꾼들의 수단과 방법을 알고 있었으면서.

커튼 밖으로 나와 그림이나 작품을 봤을 때는 신기하기도 했다.

눈알이 잔뜩 박혀 있는 상자, '나는 밝은 사람이야'라고 적힌 상자, 웃고 있는 표정의 상자. 그 안에 들어 있는 하얀 장미에 뿌려진 빨간 물감, 빨간 물감으로 여기저기 칠해진 상자 안, 우는 표정의 그림에 공감이 가서.

'나만 그런 게 아니었구나.'

하지만 아이들이 쓴 글을 읽다보니 나 자신이 너무 부끄러워 끝까지 읽을 수 없었다. 내가 겪은 일들과 계속 비교가 됐다. 나는 정말 운이 좋았고, 그게 부끄러웠다. 이곳에 와 있는 내가 뻔뻔하게 느껴지기도 했다.

도망치듯 전시회장을 나왔다. 그러자 입구에서 전시회를 설명해주신 분이 다가와 "아이들에게 한마디 해주시겠어요?"라며 포스트잇 한 장과 펜을 내미셨다.

뭐라고 적어야 할까? 내가 무슨 말을 할 수 있을까? 나는 한참을 끄적거리다 결국 포스트잇을 주머니에 구겨 넣었다. 창문 가득히 붙어 있는 포스트잇을 바라보다가 죄송하다고 말한 뒤 엘리베이터를 잡아타 도망치듯 그곳을 빠져나왔다.

▷ 73 ◁

아직도 나는 중고등학생들에게 시선을 빼앗긴다. 집 앞에 중학교와 고등학교가 나란히 붙어 있어 더 그렇다. 교복과 체육복을 입고 까르르 웃으면서 지나가는 아이들을 보면 그렇게 부러울 수가 없다. 아마도 내가 가장 되돌리고 싶은 순간이어서 그럴 것이다.

전시회에 다녀오고 나서는 더 자주 시선을 빼앗겼다. 유독 밝게 깔깔거리며 웃고 과장된 행동을 하는 아이들을 보면 괜히 내 과거를 떠올리며 조심스럽게 살펴봤고, 야자가 끝난 시간에 친구들과 인사한 뒤 스쿨버스나 부모님 차 대신 혼자 버스 타는 아이를 보면 제멋대로 걱정을 했다. 그리고 가끔은 짙은 화장을 한 아이들을 빤히 쳐다보기도 했다. 아무리 화장을 잘 했어도 미성년자인 게 한눈에 보여서. 어떻게 이런 아이들에게 남자들은 손을 댈까 싶어서.

하루는 비 오는 날 혼자 편의점에 갔다가 한두 개의 우산을 삼삼오오 쓰고 있는 여자아이들을 마주쳤다. 시선을 멀리하니 교복을 입은 아이들이 현장학습을 갔다 왔는지 버스에서 우르르 내려 작은 우산 한두 개에 옹기종기 붙어 까르르 웃고 있었다. 그중 한 아이가 혼자 머뭇거리다가 교복 마이를 벗어 뒤집어쓴 채 아무렇지 않게 걸었고 다시 머뭇거리다 뛰기 시작했다. 비가 세차게 쏟아지고 있었다. 서둘러 아이가 뛰어오는 방향으로 마주 걷다가 우산을 씌워줬다.

"어디까지 가요?"

아이가 물러나며 당황했고 나도 내 행동에 덩달아 놀라 "저 나쁜 사람 아니에요"라고 서둘러 말했다. 요 앞에 사는데 편의점에 들렀다가 비가 너무 많이 와서, 라며 횡설수설했다. 아이가 나를 빤히 쳐다보다가 조심스레 학교에 우산이 있다고 말했다. 같이 나란히 우산을 쓰고 학교로 걸어갔다. 경비 아저씨가 꾸벅 고개를 숙여 인사를 하셨고 얼떨결에 나도 꾸벅 인사를 했다. 현관 앞에 다다르자 아이가 그제야 경계를 풀었는지 활짝 웃으며 내게 인사를 했다. 아이에게 손을 흔들고 다시 교문을 지나 밖으로 나왔다. 괜한 오지랖을 부렸나 싶었지만 세차게 쏟아져 내리는 비에 그래도 혼자 비를 맞는 것보단 낫겠지 싶었다.

서랍 안 깊숙이 숨겨놓았던 노트를 다시 꺼내 난생처음 산 노트북에 글을 옮겨 적었다. 그동안 쓴 글들을 다듬으면서 노트북 화면 위에 "나와 같은 아이"라고 적은 포스트잇을 붙였다.

⇨ **74** ⇦

"안녕하세용 그루양 맞나요? 구인 사이트에서 이력서 보고 연락했어용 *^^*"

드디어 다시 과거의 Z와 마주하게 됐다.

열여덟, 열아홉. 그 당시에 썼던 오래된 일기장들을 찾아 꺼내 펼쳤다. 일기 대부분은 친구들과의 추억, B에 대한 그리움, 가족에 대한 연민이었다.

그리고 열여덟 살 가을.

"그때 그냥 그 남자한테 하겠다고 말할걸 그랬나?"

한 달 뒤, 겨울.

"더럽다, 더럽다, 더럽다."

그 후로 거의 매주 적혀 있는 그 남자들에 대한 기록.

평일엔 다를 게 없었다. 친구들과의 추억, B에 대한 그리움, 가족에 대한 연민.

그런데 주말만 되면,

역겹다. 구역질이 난다. 돌아가고 싶다. 멈추고 싶다. 돌아갈 수 없다. 더럽다. 화냈다. 익숙해졌다. 포기했다. 괜찮다. 아프다. 죄책감. 되돌릴 수 없다. 죽어도 돌아갈 수 없다. 아프다. 잠이 안 온다. 한 시간에 한 번씩 잠에서 깼다. 불안하다. 어쩔 수 없다. 아프다. 이젠 아프지 않다. 아무렇지 않다. 외롭다. 내가 무섭다. 두렵다. 불쌍하다. 증오한다. 노란 종이 한 장. 무겁다. 무섭다. 불공평해. 미칠 거 같다. 기억나지 않는다. 슬프다. 낯설다. 싫다. 숨이 가쁘다. 화냈다. 무섭다. 또 울었다. 불쌍하다 내가. 서럽다. 역겹다. 그만하고 싶다. 이제야 깨달았다. 내가 얼마나 후회할 짓을 저질렀는지. 나는 나를 포기했다. 버렸다. 끝. 날 버린 죄책감도 그 사람들에 대한 두려움도 나에 대한 역겨움도 여전히 남아 날 괴롭힌다, 라고 적혀 있었다.

열여덟, 열아홉 살의 내가 이해가 안 됐다. 왜? 그렇게 싫으면 그만뒀어야지. 화가 났다. 일기장을 넘길수록 오래된 물음표들이 지금의 내게 같이 따라붙었다. 왜? 왜? 왜? 왜 그만 안 됐어?

　　　악취

과거의 나로 돌아가 물음표들에 답하기 위해 글을 쓰기 시작했다. 하지만 무엇 하나에도 답을 할 수 없었다. 물음표들이 계속 내 머릿속을 울려댔다. 점점 증폭되면서.

그런데도 계속 썼다. 쓰다보면 답을 찾을 수 있겠지. 그렇게 생각하며 다들 시간에 맞춰 앞으로 걸어나가는데 나 혼자 거꾸로 걷기 시작했다.

그러다 문득 Z는 지금 무얼 하고 있을까라는 생각이 들었다. 아직도 구직 사이트를 들락날락거리며 또 다른 아이들에게 연락을 하고 있을까 궁금하고 화가 났다. 잇따라 W도 증오했다. 그 남자애도 증오했다.

어느새 나는 10년 동안 묵혀두었던 악취로 돌아가 있었다. 하지만 손을 휘둘러도 아무것도 할 수 없었다.

▷ 75 ◁

내가 할 수 있는 게 많았으면 좋겠다.

한꺼번에 떠오르는 수십 가지 생각과 감정을 정리하며 조절하고 싶고, 과거의 나를 용서하고 싶고, 가족과도 잘 지내고 싶다. 건강도 되찾았으면 좋겠고 무엇보다 평범하게 살고 싶다.

고민하다가 상담 치료를 받아보고 싶어 여기저기 전화를 걸었다. 하지만 비용이 말도 안 되게 비쌌다. 아무리 생각해도 우울증 같은데 약물치료를 받아야 하나 고민했다. 하지만 의존성이 높은 내게 약물치료는 너무 힘들 것 같았고 인터넷에 떠도는 부작용 사례를 보기만 해도 못할 것 같았다.

정신과 몸이 연결되어 있다고 하듯이 몸은 더 안 좋아졌다. 아무리 병원을 다녀도, 검사를 해봐도 의사들 모두 스트레스가 원인이라며 소용없는 약만 처방해줬다. 초조해하다가 한의원에 갔다. 이번엔 의사들 모두 맥박을 짚더니 침 치료만으로는 안 되고 한약을 지어 먹어야 한다고 말했다. 상담 치료를 받는 것보다 한약이 저렴해 할부로 결제한 뒤 꼬박꼬박 챙겨 먹었다. 소용없었고, 다시 스트레스가 원점이었다.

"스트레스를 줄이고 마음을 편하게 하세요."

도대체 어떻게 줄이라는 걸까? 내 과거를.

어쩔 수 없이 집으로 돌아와 다시 노트북 앞에 앉았다. 할 수 있는 게 오직 그거 하나뿐이라 일기장을 펼치고, 노트북을 붙잡고 계속 글을 썼다. 내가 하고 있는 이 일이 정말 나에게, 누군가에게 도움이 될 수 있는 게 맞을까 싶어 계속 쓰다 멈췄다. 내겐 확신이 필요했다.

출판사에 투고하는 방법을 인터넷에 검색했다. 메모하고 관련 도서를 찾아 읽으며 정보를 수집했다. 투고라는 목표를 세우고 출판 기획서를 작성하며 계획을 세웠다.

내가 할 수 있을까, 두려웠다. 하지만 하고 싶고 할 수 있는 일이 그것 하나밖에 없었다.

악취

나는 용기를 내 투고를 시작했다. 하루건너 하루꼴로 투고를 하다가, 반년을 건너뛰기도 했다. 그렇게 계약까지 1년이라는 시간이 걸렸다.

처음엔 '출판 기획서랑 샘플 원고 파일 첨부한 메일 한 통 보내는 게 다니 쉬운데?'라고 생각했건만, 한 군데에 투고하는 것만으로도 힘이 부쳤다. '혹시라도 장문의 비난이 오면 어떡하지?'라는 두려움에 '메일 보내기'를 누르는 데까지 매번 오랜 시간이 걸렸다. 그런데도 계속 할 수 있었던 건 중간중간 받게 된 긍정적인 답변들 덕분이었다. 그리고 드디어 1년 만에 계약 제안 연락이 온 곳과 미팅 날짜를 잡았다. 전화 통화만으로 손이 덜덜덜 떨려 두 손으로 전화를 받았다. 그리고 미팅 당일, 늦지 않기 위해 아침 일찍 일어나 옷을 골라 입었다. 그리고 그날 계약을 했다.

돌아오는 길에 계약서를 가방에서 꺼내봤다가 다시 넣었다가를 반복했다. 꿈인가 싶어 휴대전화로 사진을 찍은 뒤 확대해서 보고 또 봤다. 이런 내용의 책을 쓰게 될 줄은 몰랐지만, 그래서 두렵기도 하지만, 한편 오랜 꿈을 이룬 것 같아 행복했다. 행복한 이야기를 쓰고 싶었는데 하는 아쉬움은 사라지지 않았지만.

왜 나는 한 가지 감정만 온전하게 느낄 수 없는 걸까?

K에게 소식을 전했고, V와 만나 자축 파티를 했다. 실은 행복이 더 컸나보다. V를 보자마자 계약서를 보여주고 춤을 추고 울고 했

던 걸 떠올리면. 그 행복을 오랫동안 느끼고 싶어 글쓰기를 미루고 미뤘던 걸 보면.

⇨ 77 ⇦

계약 후 제일 힘들었던 것은 깊게 묻혀 있었던 악취들을 드러내고 들어내면서 과거의 내가 되어 혹시 놓친 게 있을까 꼼꼼히 들여다본 일이다.

    10년 동안 불쑥불쑥 떠올랐던 장면들이 또렷이 남아 있긴 하지만, 그 둘을 만난 날을 일기장에 간단한 그림으로 표시해두고 힘들다, 역겹다, 무섭다 등으로 감정을 적어놓긴 했지만, 순서가 뒤죽박죽 섞여 있었고, 악취 속에서 이리저리 헤매야만 했다.

    인상을 쓴 남자의 그림을 보곤 '이날 화를 냈구나', 노란 자동차가 그려진 걸 보곤 '이날 집에 갔구나'라고 떠올리면서 조각들을 맞춰 글을 썼다.

    처음엔 집에서 썼다. 쓰다가 울기를 반복했다. 그러다 쓰기 싫어 가만히 침대에 누워 다시 짙게 퍼진 악취들을 방치했다. "제가 겪었던 일이라 빨리 쓸 수 있을 거 같아요"라고 편집자에게 자신 있게 말했던 것과 다르게 내가 겪었던 일인데도 예상보다 훨씬 더 더러워서, 진짜 내가 그랬던 건지 이해할 수도 없어서, 아무것도 모르는 주변 사람들에 대한 걱정에 두려워서. 그러다 예정 마감일을 지키지 못하고, 도저히 안 되겠다 싶어 카페에 나가 글을 쓰기 시작했다.

글을 쓰다가 울고 싶거나 포기하고 싶어지면 주변 사람들의 시
선과 공부하는 사람들의 노력하는 모습을 보며 마음을 다잡고 글
로 풀었다. 맨 구석 자리에 앉아 쓰고 또 썼다.

그렇게 Z와 W의 이야기를 마친 뒤, 그 이후의 이야기를 쓰기 시
작했다. 하지만 어째서인지 Z와 W의 이야기를 할 때보다 더 힘들었
다. 10년 동안 악취 때문에 몸을 사리지 않았고 그러다보니 꽤 많
은 경험을 했지만 뭘 어떻게 써야 할지 몰랐다. 조건만남을 했던 그
반년보다 훨씬 더 다양한 경험을 했는데. 그 반년에 갇혀 있느라 순
간순간을 제대로 인지하지 못한 채 스쳐 지나간 듯해 억울했다.

그 둘은 나와 같은 감정을 가져본 적이 있기나 할까? 후회하고
자책을 하긴 했을까? 그들은 지금 무얼 할까? 마주하기 싫으면서
도 상상을 했다. 그들을 잊기 위해 내가 발버둥치는 동안 그들은
어떻게 지냈을지.

그러다 카페 밖으로 나가 빙글빙글 걸었다. 시멘트 바닥을 보고,
카페 앞에 잠깐 주차되어 있는 트럭 모서리를 보고 머리를 콱 부딪
히고 싶단 생각을 했다. 그러면 머리가 좀 조용해질까.

Z와 W의 이야기가 끝났는데도 그들을 떠올려야 했던 게 너무
힘들었다. 매일 몇 시간 동안 가만히 앉아 그들을 계속 떠올려야
만 했던 것이. 글을 고쳐 쓰면서 계속 그들을 마주해야만 했던 것
이. 한 번. 두 번. 세 번. 네 번. 계속.

그들은 잠을 설치다 늦은 새벽에 잠든 내게도 찾아왔다. 한 번.

두 번. 세 번. 네 번. 계속.

길을 걷다가 Z와 마주치고, 도망치고, 골목에 숨어 있다가 W와 마주치고, 도망치고, 큰길가로 나오자 그 남자애와 마주치고, 내게 다가오는 손을 피해 다시 도망치고.

어떤 날은 원형 테이블 앞에 그 셋이 나란히 앉아 있기도 했다. 마주하자마자 뒤돌아 도망치는데 달릴수록 내 몸이 작아졌다. 도망쳐도 도망쳐도 제자리여서 뒤를 돌아보니 나를 따라오는 그 셋의 다리가 보였다. 성큼성큼. 온통 하얀 세상에, 내가 작아진 건지, 그들이 커진 건지 알 수 없었다.

또 어떤 날은 Z의 차 안에, W의 차 안에 타고 있었다. 재잘재잘 웃으며 떠들다가 운전석으로 고개를 돌리면 Z의 얼굴이, W의 얼굴이 번갈아 나타났다. 나를 포함해서 모두 웃고 있었다.

오랜만에 마주한 그 얼굴들이 현실에서 마주한 것처럼 너무 또렷해서, 깨어나서도 한동안 가위에 눌린 듯 가만히 누워 있었다.

하지만 이내 침대에서 일어나 씻고, 노트북을 가방에 넣은 뒤 집을 나섰다. 이렇게까지 해서 글을 쓸 필요가 있을까 싶었지만 일단은 마무리를 지어야 했다.

⇨ **78** ⇦

나도 행복한 이야기를 쓰고 싶다.

길을 걷다가 마주치는 사람들, 요즘 무얼 하냐는 주변 사람들의

악취

질문에 책을 쓰게 됐다고, 행복한 이야기를 쓰고 있다고 말하고 싶다. 행복한 이야기를 하는 책들을 살펴보면서 나는 무슨 이야기를 해야 할지 고민하고 싶다. 웃음, 감동, 꿈, 사랑, 그리움, 즐거움을 떠올리면서.

우울한 이야기를 쓰기 싫다. 내 글을 읽게 될 낯선 사람들에게 벌거벗은 이야기를 하는 게 수치스럽다. 요즘 무얼 하냐는 주변 사람들의 질문에 횡설수설하다가 숨어버리고 싶지 않다. 성착취, 성폭력, 데이트 폭력 등의 책을 살펴보면서 나는 무슨 이야기를 해야 할지 고민하고, 공감하고, 다시 악취 속으로 끌려가서 헤매기 싫다. 눈물, 증오, 폭력, 이별, 악취, 죽음을 떠올리면서 글을 쓰기 싫다.

이 글로 내가 정의될까봐 두렵다. 이 글로 누군가가 내게 손가락질할까봐 무섭다. 이 글로 내 주변 사람들이 나를 알아볼까봐 겁난다.

그런데도 꾸역꾸역 쓴다. 묻고 덮고 외면했던 모든 게 와르르 무너져서. 혹시 이렇게 쓰다보면, 나와 같은 아이들이 더 이상 생기지 않고, 그러면 나아질까 싶어서. 걷어내고 펼쳐내고 마주하면서 도대체 뭐가 어디서부터 어떻게 잘못된 건지, 나는 왜 그랬는지 알아야 하니까. 그래야 이제 내가 뭘 어떻게 하고 살아야 할지 알 수 있을 것 같아서. 그래서 이렇게 나는 내 모든 과거를 들춰내고 있다.

나를 탓하기도 하고 나를 원망하기도 하고 나를 증오하기도 하면서.

누군가를 탓하기도 하고 누군가를 원망하기도 하고 누군가를 증오하기도 하면서.

내 과거를 반성하고 과거의 나를 용서하고 지금의 내가 뭘 해야 할지 깨달아가면서.

누군가를 이해하고 누군가를 용서하고 누군가를 사랑해야 할지 깨달아가면서.

이렇게 하는 게 제자리로 돌아가는 방법인지 모르겠지만, 이렇게 하는 게 맞는다면 나도 언젠가는 행복한 이야기를 써보고 싶다. 내게 그럴 힘이 생겼으면 좋겠다.

⇨ **79** ⇦

자해自害

[명사]

1. 자기 몸을 스스로 다치게 함

2. 스스로 자기의 목숨을 끊음

어쩌면 그 일도 자해였는지도 모르겠다.

사실 자살 시도를 한 적이 있다. 처음엔 열세 살, 지나가던 차에 뛰어들었다. 여자아이라는 이유로, 큰애라는 이유로 항상 엄마와 아빠의 고민을 번갈아가며 들었던 그때부터 음, 우울증을 겪고 있었던 것 같다. 자전거를 탄 채로 신호등 없는 집 앞 횡단보도에서 가만히 서 있다가 차가 다가올 때 페달을 밟아 횡단보도로 뛰어들어 브레이크를 잡았다.

내 앞에 멈춰선 것은 택시였다. 다행히 택시가 급정거해 누구도 다치지 않았다. 열세 살의 나는 왼발을 땅에, 오른발을 페달에 올려두고 오른쪽에서 들리는 경적 소리에 정신이 나가 한동안 가만히 서 있었다. 길을 지나가던 사람 모두 걸음을 멈춘 채 나를 쳐다봤다. 택시 아저씨가 나를 향해 손가락을 허공에 휘두르셨고 나는 서둘러 죄송하다고 고개를 숙인 뒤 페달을 밟아 그곳으로부터 도망쳤다.

그 후로는 늦은 밤, 내 방 베란다 난간에 선 적도 있다. 처음에는 난간을 두 손으로 잡고 난간에 배를 기댄 채 아래를 바라봤다. 그게 익숙해진 이후에는 난간을 두 손으로 꼭 잡고, 난간 아래에 발을 올리고, 난간에 다리를 기댄 채 아래를 내려다봤다. 그 모든 게 익숙해진 뒤 비로소 다리 한쪽을 난간 위에 걸친 채 공중에 놓고 엉거주춤하게 서게 됐다. 하지만 누군가에게 피해를 주고 싶지 않았다.

중학교에 올라가서는 자해할 생각도 했다. 죽는 것은 아무래도 겁이 나서 커터 칼을 쥐고 방 안에 쭈그려 앉아 손목을 한참 동안 바라보곤 했다. 하지만 그것도 결국 하지 못했다.

눈에 보이는 육체적인 고통은 두려워하고 무서워했지만, 눈에 보이지 않는 고통은 괜찮다고 생각했나보다.

그렇게 열여덟 살, 그때부터 정신적인 자해를 한 것 같다. 내 정신을 깎아먹고 나를 죽이면서. 10년 동안.

하지만 애초부터 내가 원했던 것은 그런 게 아니었다. 나는 사랑받고 싶었을 뿐이고, 평범한 행복을 바랐을 뿐이다. 여기서 모순은 정작 나는 누군가를 사랑하는 방법을 몰랐다는 거다. 모르면서 알려고 하지도 않았고 오직 아무도 나를 사랑하지 않을까봐 겁만 냈다. 그래서 누군가가 말로, 폭력으로, 돈으로, 쾌락으로 나를 휘두르고 그 모든 게 나를 아껴서, 라고 말하면 믿었다.

하지만 애초에 사람은 혼자 태어나기에, 저마다 다른 사람, 다른 환경, 다른 과정 속에서 살아가기에, 온전히 나 자신을 사랑해줄 사람은 나 하나뿐이고, 온전히 그 행복을 느낄 수 있는 사람도 나 하나뿐이라는 건 글을 쓰게 되면서 알게 됐다. 내가 아닌 누군가가 있는 그대로의 내 모든 상황과 과정을, 내 모든 감정과 생각을 이해할 수 있을까? 과연?

나 자신을 사랑하지 않은 채로 누군가의 사랑을 갈구하는 건 아무 소용이 없었다.

SNS에 자해라고 검색하면 꽤 많은 사진이 뜬다. 그리고 그들 대부분은 아이들이다.

내가 뭐라고 이런 말을 할 수 있을까, 전문가도 아닌데. 하지만 정말 내가 원하는 게 뭔지 한번 적어봤으면 좋겠다. 이해든, 공감이든, 사랑이든, 행복이든. 그리고 그런 나 자신과 같은 누군가에게 먼저, 내 이야기를 해주듯이 *끄적끄적* 종이에, 휴대전화에, 노트북에 적어봤으면 좋겠다. 그렇게 적다 보면 회피를 하는 것도 있을 테고, 화가 나기도, 슬프기도, 안타깝기도, 속상하기도, 지치기도 할 것이다. 하지만 결국엔 저마다 다른 극복 방법을 찾아낼 거라고 확신한다. 그리고 그 방법을 나누며 누군가를 돕게 된다면 스스로를 해치는 아이들이 조금은 줄어들지 않을까? 그게 살아가는 원동력이 될 수도 있지 않을까?

자해自解

[명사]

1. 스스로 생각하여 이해함

2. 무엇에 얽매이지 아니하고 스스로 풀어서 벗어남

⯈ **80** ⯇

"어째서 구매한 놈이 당당한가."

전시회 「오늘」에 갔을 때 본 문구다. 미끼들이 걸려 있는 커튼 속을 나오자마자 마주할 수 있었던 네온사인 문구. 그리고 그 맞은편엔 영상 한 편이 있었다.

영상은 영상 제작자들이 채팅 어플로 들어가 열다섯 살 여중생이 되어 성 매수남들을 만나는 내용이었다. 채팅을 시작하자, "[공익 광고] 아동 청소년 성매매는 범죄입니다. –경찰청"이라는 문구가 나타났다 사라졌다. 그리고 곧바로 수많은 성인 남자에게서 연락

이 쏟아졌다. 2분 만에 20통 넘게. 제작자들은 그들 중 성매매를
제안하는 남자들을 만나러 간다.

한 명은 여중생이 아니라는 걸 알게 되자 바로 등을 돌려 도망
쳤고, 한 명은 차문을 닫지도 못한 채 차를 출발시켜 도망치고 있
었다. 심지어 스무 살 딸을 둔 마흔다섯 살의 남자도 있었다. 열다
섯 살의 아이와 성관계를 할 생각에 흥분해 자위를 했는지, 제작
자분이 "바지가 다 젖어 있어"라고 말했다.

인터뷰에 동의한 한 남자는, 미성년자와 관계를 하는 것이 학생
시절에 못했던 판타지라고 말했고, 딸을 가진 마흔다섯의 남자는,
"짜릿해서"라고 말했다. 그리고 마지막, 서른두 살이라고 속인 40
대 남성은 "내가 배가 고픈데 돈이 없어요. 근데 먹을 게 있어. 그
런 순간에 나의 가장 중요한 가치는 도덕적인 걸까요?"라고 되묻고
있었다. 남자들 사이에서는 성매매 한다는 걸 일말의 죄책감 없이
이야기한다며 당당하게 말하고 있었다.

글을 쓰기 시작하면서 포기하고 싶을 때마다 이 영상*을 찾아
돌려 보고 돌려 봤다.

그들에게 묻고 싶었다. 화를 내고 싶었다.

당신들은 어째서 죄책감을 갖지 않는 건가요? 어째서 당당한
건가요?

나와 같은 아이들을 문제아로만 바라보는 어른들에게 소리치고

---

* 동영상 출처는 닷스페이스- "랜덤 채팅앱에서 십대인 척하고 성매수자들을 만났다."
[H.I.m. #1 즐거운 채팅]

싫었다.

정말 열여덟 살이었던 저만 잘못한 건가요?

▷ **81** ◁

그동안 내가 유일하게 싸우지 않았던 사람은 Z와 W 그리고 그 남
자애, 이렇게 셋이었다. 그리고 이 셋은 마침내 내가 겁 없이 남자
들과 싸울 수 있게 해주었다.

일일 아르바이트로 시장 한가운데 있는 식당에서 서빙을 하다
가 할아버지들이 내 엉덩이를 툭툭 치며 막걸리 좀 따라보라고 말
했을 때 "하지 마세요"라고 말할 수 있게 해줬고, 술 취해 쓰러져
있는 여자를 데려다주겠다며 다가오는 남자들에게 내가 데려다줄
테니 집에 가라고 말할 수 있게 해줬고, 여자 아르바이트생에게 끊
임없이 성희롱을 하는 팀장의 말에 "그런 말 해도 돼요?"라고 따질
수 있게 해줬다.

나는 여러 방법으로 싫다는, 불쾌하다는 표현을 할 수 있게 됐
다. 그것도 아주 잘. 차분하게 말했다가 정색을 했다가 반복해서
말했다가 화를 냈다. 상대가 확실하게 알아듣게. 그런데도 그들은
웃었다.

"우리 손녀 같아서 그랬는데. 요즘 아가씨들 예민하네. 아이고
무서워."

"그루씨도 그런 거예요? 메갈?"

"여자는 나이 들면 무섭다더니. 그루는 무서워."

"그루는 사회생활을 너무 많이 해서 때 탔어."

하하하. 그들 모두 웃었다.

누구는 내가 화를 내는 게 아니라 예민하다고 생각했고, 누구는 내가 화를 내는 게 아니라 남자를 혐오한다고 생각했다. 누구는 내가 화를 내는 게 아니라 센 척을 하는 거라 생각했고, 누구는 내가 화를 내는 게 아니라 사회에 때 타서 발악하는 거라고 생각했다.

내가 잘못하지 않은 일에 대해서도 그들 모두 내가 잘못됐다고, 나만 잘못했다고 떠들어댔다. 그게 너무 억울해 집으로 돌아오는 길엔 항상 울었다. 하지만 다시 그런 상황이 온다면 나는 화를 낼 수 있을까? 싸울 수 있을까? 내게 그럴 힘이 남아 있을까?

나는 그럴 수 있다. 그들도 나와 같은 사람이기에 변할 수 있다고 생각한다. 그렇지 않다 해도 최소한, 나와 껄끄러웠던 걸 떠올리며 조금이라도 다른 누군가에게 조심히 행동할 거라고 믿는다. 그렇게 내가 뭔가를 할 수 있다고 믿는다.

 82

스위스의 정신과 박사인 엘리자베스 퀴블러 로스에 의하면 슬픔을 이겨내는 데는 다섯 단계가 있다고 한다.

첫 번째는 부정이다. 생각지도 못한 일이라 현실로 인정하지 않고 거부하는 단계. 두 번째는 분노라고 한다. 그 대상에게, 나 자신에게, 주변 사람 모두에게 퍼붓는 원망. 세 번째 단계는 타협이다. 할 수 있는 모든 것을 해보면서, 제대로 살아가기 위해 애원하는 단계. 네 번째는 절망이라고 한다. 좌절하고 좌절하면서 결국 할 수 있는 걸 다 했음을 인정하는 시기.

그 모든 것을 겪고 나서의 마지막 단계가 수용, 받아들이기라고 한다.

글을 쓰면서 좋았던 점은 이 모든 단계를 비교적 빨리 끝낼 수 있었다는 거다. 과거의 나를 부정했다가, Z와 W, 그 남자애를 원망하고 나 자신과 가족에게 화를 표출하면서 분노했다. 그러다 마지막 타협을 해보려고 꾸역꾸역 악취를 마주하며 글을 썼다. 한 번, 두 번, 세 번, 계속 고쳐 쓰면서 좌절을 반복했다. 하지만 그 당시의 나를, 내 상황과 감정을 글자로 써보고 여러 번 고쳐쓰면서 객관적으로, 그러니까 악취에서 한 발짝, 두 발짝, 세 발짝 떨어진 채로 바라볼 수 있게 됐다. 그 과정 속에서 '그래, 그랬지'라고 인정할 수 있게 됐다. 그러자 신기하게도 악취가 조금씩 옅어졌고 내 삶 전체를 바라볼 수 있게 되었다. 다른 모습의 과거의 내가 보였고 행복했던 순간들도 하나둘 보이기 시작했다.

나는 내가 생각했던 것보다 강했다. 나약하게 계속 악취로부터 도망만 치고 있다고 생각했는데, 이겨내기 위해 꾸준히 도전을 하고 있었다. 그걸 모르고 오랫동안 자책만 했을 뿐. 심지어 도전했던 대부분의 일을 이루기도 했다. 지금 이렇게 책을 쓰는 꿈도, 도 전도.

그리고 악취 속으로 들어갔던 것처럼 행복했던 순간들도 마찬 가지였다. 하나하나 초점을 맞춰보며 그 순간 속으로 들어갈 수 있 었다. 역시 나는 울었던 시간만큼 많이 웃기도 했었다. 내가 여러 슬픔 때문에 울었듯이 웃었던 이유도 다양했다. 기쁨, 즐거움, 놀라 움, 벅참, 감사함, 하다못해 배부를 때도. 그리고 웃고 있었던 순간 들을 떠올리자 연달아 행복했던 순간들도 따라 올라왔다. 그 순간 에 내 옆에 있어주었던 주변 사람들의 소중함을 느낄 수 있었다.

그러면 행복했던 기억들도 되짚으며 쓰다보면 행복해질 수 있 을까?

나는 이제 방법을 안다.

▷ 83 ◁

내게 가장 행복했던 순간을 묻는다면, 아무래도 우리 네 가족이 방파제에 나란히 앉아 사진을 찍었던 그때일 것이다. 우리 가족이 바다 앞에서 살고 아빠가 회사를 다녔을 때. 그날은 태풍이 불어 오고 있었다. 뉴스에서는 우비를 입은 리포터가 태풍이 상륙했다 며 바닷가 방파제 앞에 서서 상황을 전하고 있었고 리포터 뒤로는 거센 파도가 넘실거리는 모습이 보였다.

"파도 보러 가자!"

갑자기 아빠가 소파에서 벌떡 일어나 말했다.

아빠는 비를 좋아했다. 어떤 날은 손에 우산을 쥐고 있는데도 비에 흠뻑 맞은 채 집에 들어왔고 엄마의 잔소리에도 해맑게 웃었다. 비가 오는 날이면 차 안에 앉아 노래를 틀어놓고 술을 마시기도 했다. 그 때문에 나는 비 오는 날 야자가 끝나고 집에 돌아오는 길엔 항상 아빠의 차를 확인해봤다.

엄마는 아빠의 말에 태풍이 온다고 한 걸 못 들었냐며 위험하다고 말했지만, 아빠는 이미 옷을 갈아입고 있었다.

"이런 게 추억으로 남는 거야."

나도 신이 나 옷을 갈아입으러 갔다. 엄마는 계속 이해할 수 없다고 중얼거리면서도 카메라를 챙겨 들고 동생을 챙긴 뒤 현관을 따라 나섰다. 실은 엄마도 보고 싶어했던 것 같다.

바다는 멋있었다. 파도가 철썩철썩 방파제를 넘어 사람들이 서 있는 길까지 적셨고 바람도 거세서 나무들이 휘청거렸다. 주차장에 도착하자 관리자분들이 차가 진입하지 못하게 노란 바리케이드를 치고 있었고 차가 다가오자 휘휘 손을 내저으며 물러나라고 손짓했다. 관리자분의 우비가 바람에 퍼덕이고 노란 줄들이 펄럭펄럭 소리를 내며 앞뒤로 흔들렸다. 바닷가에 있던 사람들 모두 주차장을 향해 돌아오고 있었다.

엄마는 그만 돌아가자고 말했다. 관리자 한 분이 휘휘 손을 내저으며 우리에게 다가왔고 아빠는 창문을 내린 채 가족끼리 사진

한 장만 찍고 가면 안 되겠냐고 부탁했다. 나는 창문이 열리자마자 바리케이드가 펄럭이는 소리에, 방파제에 부딪히는 파도 소리에 신기해 창문 쪽으로 입만 벌리고 있었다. 그러다 관리자분이 허락을 해주셨는지 우리 모두 서둘러 차에서 내렸다.

"빨리 빨리 빨리."

엄마와 아빠 모두 신나 보였다. 머리카락이 거센 바람에 산발이 됐는데도 큰 소리로 웃었다. 아빠는 동생을, 엄마는 나를 꼭 끌어안았다. 엄마의 원피스 끝자락이 내 앞에서 펄럭였고 그 앞에선 아빠와 동생의 머리카락이 휘날렸다.

다른 사람들 모두 소리를 지르며 차로 돌아가는데 우리 가족만 소리를 지르며 바다로 향했다.

"빨리 빨리 빨리."

아빠가 동생을 안은 채 방파제 위에 앉았고 나도 엄마의 손을 꼭 잡은 채 방파제 위에 앉았다. 앉은 자리가 축축했고 부서지는 파도에 등이 차가웠다. 그런데도 넷이 나란히 앉아 사진을 찍었다. 서로를 끌어안고 즐거움에 소리를 질렀다.

"하나 둘 셋."

"감사합니다!"

카메라를 건네주시며 관리자분이 웃으셨고 우리 가족도 웃었다. 서둘러 다시 차에 올라탔고 그분은 손을 흔들어주셨다.

여름방학이 끝나고 학교에 가 방학 때 가장 기억에 남는 순간을 발표할 때, 나는 그때 찍은 사진을 도화지에 붙여 발표를 했다. 사진 속 우리 가족은 머리와 옷이 바람에 날려 엉망진창이었지만, 서로 단단히 끌어안고 있었다.

엄마도 아빠도 그렇게 살고 싶지 않았을까.

어쩌면, 생각보다 거센 바람에, 거센 파도에 가장 많이 넘어지고 부러지고 휩쓸린 건 아빠가 아닐까.

⇨ 84 ⇦

어느 순간 뜬금없이 악취에게 고마운 감정이 들었다.

물음표들과 함께 나를 무겁게 짓눌러줬기에, 나를 지독하게 따라다녀줬기에. 그 구덩이에서 나올 수 있었고, 반성도 할 수 있었으니까.

악취와 물음표. 그 둘이 내게 없었더라면 여전히 나는 그 남자들에게서 벗어나지 못했을 수도, 더 깊은 구덩이 속으로 들어가 뭔가 잘못된 건지도 모른 채 내 삶을 내동댕이쳤을 수도 있었다. 그런 생각이 들자 섬뜩했다. 그것보다 지금 이 삶이 훨씬 더 좋았다.

사실 누구나 알고 있다. 이 세상 모든 것에는 뒷모습이, 그림자가 존재한다는 걸. 그리고 우리가 쳐다보는 위치에 따라 달의 모양이 바뀌는 것처럼 사물과 사람의 모양도 바뀐다는 걸.

경험도 마찬가지라고 생각한다.

전학을 자주 다녔던 나는 전학을 끔찍이도 싫어했다. 간신히 친해진 친구들과 다시 이별해야 하는 것도 속상했고, 전학 전날 밤엔 매번 설렘보다는 두려움에 뒤척이다 잠이 들곤 했다. 새로운 친구를 사귀지 못할까봐, 외톨이가 될까봐 두려워서. 그래서 어떤 날은 퉁퉁 부은 눈으로 교탁에 서기도 했다. 하지만 우여곡절 끝에 어느 곳에 가도 남들보다 빨리 적응해서 낯을 가리지 않게 되었고 전학 온 친구들을 보면 먼저 다가가 말을 걸고 손을 내밀 수도 있게 되었다. 어린 시절 내가 끔찍하게만 여겼던 내 경험이 다 자란 내게 도움이 된 것이다.

아픈 몸도 그렇다. 예전처럼 흥청망청 술을 마시지 않게 해줬고, 건강한 몸이 얼마나 소중했는지 알게 해줬으며, 난생처음 운동이란 걸 하게 해줬으니까.

우리 모두 알고 있는 동화 『강아지 똥』도 떠올려보면 마찬가지다. 다들 더럽고 쓸모없다고 하는데도 민들레꽃을 피우게 되니까.

그러면, 내 악취로는 뭘 할 수 있을까?

누군가는 '윽, 악취가 나잖아? 지독해! 이 길은 아니야!' 하면서 피해갈 수도 있고, 누군가는 '이런 사람도 있구나. 그래도 내 인생은 괜찮네' 하고 다시 살아갈 힘을 받을 수도 있을 거다. 혹은 '이런 애도 글을 쓰고 책을 썼네?'라며 글을 써볼 수도 있겠다.

그리고 누군가는, '나도 그랬는데'라며 위로를 받을 수도 있을 거다.

전시회 「오늘」에 갔을 때 포스트잇을 받아놓고도 한참을 *끄적거리기*만 하다가 결국 주머니에 구겨 넣은 채 도망치듯 나온 이유도, 글을 쓰는 도중 N번방에 대해 알게 됐을 때 관련 기사들을 차마 보지 못했던 이유도, 처음 노트북에 글을 쓰기 시작했을 때 "나와 같은 아이"라고 적은 포스트잇을 화면 위에 붙여놨다가 이내 떼어버렸던 이유도 내가 운이 좋은 편에 들었기 때문이다.

그래서 글을 쓰다 멈추길 반복했다.

하지만 다들 너무 오랜 시간 증오하고 자책하고 아파하지 않았으면 좋겠다. 충분히 힘들어하고 괴로워했으면 이제 그만 털어내버리자고, 나머지는 그 남자들에게 이렇게 던져버리자고 말해주고 싶다.

과거 속에 갇힌 채 하루 종일 울어봤자, 끙끙 앓아봤자 자기 자신에게 벌을 줘봤자 되돌릴 수 없고, 바꿀 수 없다고. 어차피 과거 그때 그 모습대로 제자리일 거라고. 더 피폐해지기만 할 거라고. 그러니 이제는 그만하자고 잡아주고 싶다.

'왜 그랬지?' '그 방법밖에 없었나?' '나는 원래 그런 애였나?' 등등 과거의 수많은 물음표에 답을 주기 위해 너무 오랜 시간 현재의 자신을 쏟아붓지 말았으면 좋겠다고 말해주고 싶다. 차라리 지금의 내게 물음표를 만들어서 "지금 무엇을 할지" "지금부터 어떤 사람이 되고 싶은지" "당장 뭘 할 수 있을지"를 생각하면서 한발 한 발 바깥으로 나오자고 끌어주고 싶다.

그것도 너무 힘이 든다면 지금 당장 먹고 싶은 것, 갖고 싶은 것, 가고 싶은 곳 등의 버킷리스트를 적어봐도 좋고, 무인발급기에 가서 초등학생 때부터 고등학생 때까지의 생활기록부를 떼어 읽어보는 것도 추천해주고 싶다. 어린 시절에 꿈꿨던 직업들도 적혀 있고, 담임 선생님들이 머리를 쥐어짜시며 적어주신 장점들도 볼 수 있으니까.

아무리 생각해도 하고 싶은 게 없다면, 생활기록부에 적혀 있는 직업 모두 부모님이 적어주신 거고, 선생이란 사람도 여러 이유로 상처를 줬던 인간이었다면, 반대로 네가 생각하는 좋은 사람이란, 네가 생각하는 좋은 세상이란 어떤 건지 적어봤으면 좋겠다. 정말 곳곳에 악취가 나는 세상이지만, 그래도 나름 기준을 잡고 한발 한발 밖으로 나와 걷다보면 손을 잡아주는 사람이 은근히 많다고 알려주고 싶다.

그러니까, 응원하며 기다리고 있을 테니 너무 늦지 않게 훌훌 털어버리고 와서 같이 나란히 걸었으면 좋겠다. 꼭.

그리고 열아홉, 랜덤 채팅에서 만났던 그때 그 아이도 지금은 행복해졌기를 바란다. 내가 그 아이를 통해 위로를 받았듯이, 누군가도 나를 통해 위로를 받았으면 좋겠다.

악취

에필로그

"어느 누구도 과거로 돌아가서 새롭게 시작할 순 없지만,
지금부터 시작하여 새로운 결말을 맺을 순 있다."
카를 바르트

늦가을 밤, 길을 걷다가 양쪽으로 수북이 쌓여 있는 플라타너스 낙엽들을 마주쳤다. 가로수 길을 따라 길게 늘어져 있는 낙엽들을 바라보다가 이때쯤인데 하고 날짜를 확인해보니 그 일로부터 딱 10년이 지난 날이었다.

열여덟 살, 버스정류장으로 향하는 길엔 항상 이 낙엽들이 길거리 가득 떨어져 있었다. 다른 낙엽들과 다르게 유독 넓고 커다래서 나는 피하는 대신 발로 차고 밟으며 바스락바스락 소리를 내며 걸어 다니곤 했다. 어렸을 땐 마냥 신기하고 좋았던 넓고 커다란 잎들이 그때는 지저분하고 걸리적거린다 싶었는데, 스물여덟 살에 다시 마주하니 가로등 불빛에 비친 그 붉은 낙엽들이 너무 아름다워서 멍하니 바라봤다.

꽃말처럼 나무도 나무말 같은 게 있을까 싶어 길을 걷다가 인터넷에 검색을 했다.

플라타너스의 꽃말은 용서와 화해였다.

길을 걷다 멈춘 채 다시 여러 번 검색을 했다. 그러다 걸어왔던 길을 뒤돌아 나무와 낙엽들을 바라봤다.

열여덟, 그 당시의 나는 그 일들이, 악취가 내 인생의 대부분을 차지할 거라고 생각했다. 한 살 한 살 나이를 먹을수록 그 기억을 갖고 있는 시간도 길어져, 끝내는 그 기억과 악취들이 내 삶 전체를 집어삼킬 거라고. 그러니 빨리 내 자신이 사라졌으면 좋겠다고.

근데 그 당시의 내가 지금의 나를 보게 된다면 어떤 얘기를 할까 문득 궁금해졌다. 미안하다고 할지, 잘됐다고 할지…… 아마 아무 말도 못한 채 미안해서 소리 내어 울지 않을까 싶었다. 그러면 나도 아무 말 하지 않고 가만히 안아줄 것 같았다.

그렇게 그날 과거의 나를 용서했는지도 모르겠다.

스물여덟, 이제 나는 누구보다 멋있게 살고 싶다. 겉으로 투명하게 내보일 수 있을 만큼 좋은 것들로 꽉 채워진 삶을 살고 싶다. 오랫동안 좋아할 수 있는 사람들을 곁에 두고 싶고, 오랫동안 추억할 수 있는 행복한 순간들을 보내고 싶다. 힘든 순간들도 있겠지만 다시 배우고 수정해나가면서 꾸준히 도전하고 싶다. 그렇게 살고 싶다.

이제 다시 시작이다.

악
취

ⓒ 강그루

초판 인쇄 2021년 3월 11일
초판 발행 2021년 3월 18일

지은이 강그루
펴낸이 강성민
편집장 이은혜
편집 박은아 진상원
마케팅 정민호 김도윤 최원석
홍보 김희숙 김상만 함유지 김현지 이소정 이미희 박지원

펴낸곳 (주)글항아리 | 출판등록 2009년 1월 19일 제406-2009-000002호
주소 10881 경기도 파주시 회동길 210
전자우편 bookpot@hanmail.net
전화번호 031-955-2696(마케팅) 031-955-1936(편집부)
팩스 031-955-2557

ISBN 978-89-6735-877-8 03810

www.geulhangari.com